苏童作品系列

苏童

WHY CAN THE SNAKE FLY
SU TONG

蛇为什么会飞

上海文艺出版社
Shanghai Literature & Art Publishing House

一　金发女孩来到了车站旅社

下午三点零五分，一切都还正常。

太阳朗朗地照在火车站上空，雨骤然停下，憋了一口气，然后更大的雨点便瓢泼而下了。广场上有人举着花花绿绿的雨伞狂奔着，远远望着是那些雨伞在疯狂地奔跑。

一切都还正常，雨虽然下得不近情理，可是你要知道这是六月，长江中下游地区普遍进入了梅雨季节，大家都逢雨季，你这里凭什么就是晴天呢？

一切都还正常，只有车站广场上新落成的世纪钟表现仍然反常，几天来世纪钟总是很性急地在两点五十分提前行动，咣。咣。咣。敲三下，钟声热情而奔放，可惜敲早了一些。

广场的管理层曾派人爬到三十米高空，在世纪钟的腹腔里忙碌了一个上午，结果证明修理效果是不理想的，现在是三点零五分，正是火车进站的高峰时刻，所有人的耳朵都关注着车站方面的广播喇叭，世纪钟却訇地敲响了，钟声湮灭了女广播员柔美的声音以及这里那里的雨声，迟到的钟声更为洪亮而清脆，似乎有意在弥补机械设备的过失。可许多国产手表进口手表在人们的手腕上开始窃窃私语了，无数的手表甚至包括行李房里的闹钟都在这里那里批评世纪钟：钟表业的风光被你独揽在身，可你世纪钟的表现到底如何呢？徒有虚名的世纪钟呀，你的钟声无论多么响亮，即使你把人的耳朵震聋了，还是比北京时间晚了五分钟。

三点零五分，世纪钟的钟声余音袅袅。

金发女孩来到了车站旅社的大堂，我们大家都看见了她。

很少有这么年轻美丽的女孩子投宿车站旅社，我们大家都看着她。谁也别掩盖自己的不良意识，大多数人的目光是轻佻而暧昧的，否则为什么要你看我我看你，然后大家一齐嘻嘻地笑？

金发女孩怕淋雨，她的头上顶着一只塑料袋，塑料袋四个角打了结，大体上算一顶独创的可爱的雨帽。一路风尘被雨水冲干净了，金发女孩就像广告中说的，清新爽洁，不紧绷。她穿得比较裸露，但保持了分寸，牛仔短裤似乎是剪过的，仔细看就知道那么一丝一丝的裤管其实是服饰艺术，你别笑，你不懂的。

女孩子的紫色的棉质上衣被雨打湿了，露出了里面两根黑色的带子，别笑，这能代表什么呢？不能怪女孩穿衣不当，也不能怪衣料太薄，是雨下得不好，让来自干爽地区的女孩子猝不及防。

幸好人算不如天算，金发女孩的上衣选得巧妙，它的正前方是一只可爱的彩色的机器猫，机器猫聪明地遮挡了女孩最重要的隐私，你们在大堂里闲荡的烂仔怎么努力看，也看不出什么名堂。

除非是时装模特，才能忍受你们这种目光。金发女孩虽然体态苗条，可是很明显她不是，即使是也不到车站旅社来走台嘛，所以女孩有点慌乱。

她把行李箱推到柜台前面，行李箱冒冒失失地在柜台上撞了一下，女孩便把它拉回来，行李箱却压住她的脚，还是犟头犟脑地不肯听话。大家都向这边看，女孩好不容易让行李箱站到了一边，大堂里的人注意到她踢了行李箱一脚，估计是对它作出必要的惩罚。然后金发女孩把塑料袋从头上摘下来了。

什么鬼天气？金发女孩说，出着太阳，下这么大的雨。

她侧着肩，轻盈地甩了甩头发，于是大家便看清了女孩黄金一般的新鲜而灿烂的头发，像黄金般地灿烂，像黄金般地高贵，有的地方很短，有的地方很长，有的地方含蓄地弯曲着，肯定是一种什么新发型，什么发型？你们这些烂仔怎么弄得清楚？

去问问冷燕吧。

那天下午冷燕当班，冷燕接待金发女孩就像接待一个黑头发或者花白头发的顾客一样，对女孩的头发忽略不计。

冷燕的弟弟就是开发廊的，什么颜色的头发都不会让冷燕好奇。

冷燕只是瞟了一眼女孩的头发，什么也没说。按照新颁旅店业从业人员的规则，冷燕说，你好。

她没有等到金发女孩礼貌的回应。

女孩子突然蹲下去手忙脚乱地打开行李箱，不知什么东西在箱子里面索索地响。

你们这里，总这么下雨？出着太阳还下雨？女孩蹲在地上忙着，随口批评起我们这儿的气候来，什么鬼气候？什么旅游热点？骗人的。

现在是雨季，到我们这里来旅游，得备一把伞。冷燕说，听你口音是北方人，是东北人？

我北京人。女孩站起来的时候手里抓着一个小巧的用玻璃丝线编的钱包，她翘着手指察看墙上的客房价目表，一行行地指下来，指到最后一行，说，那间，最便宜的。然后多余地补充一句，反正我临时住一晚的，豪华也浪费。

金发女孩要了最便宜的客房，冷燕对此并不感到意外，谁阔谁穷谁是小康冷燕几乎一眼就能从你脸上辨认出来，出乎冷燕预料的是金发女孩不愿意出示她的身份证明，很明显她不知道怎么办入住手续。

这让冷燕有点哭笑不得，可以肯定的是这个漂亮而时髦的金发女孩从来没有住过旅馆。

我不想让你看我的身份证。金发女孩说。

不出示身份证我怎么给你登记呢？冷燕说。

我告诉你我的名字，金发女孩说，我告诉你我的家庭住址，你放心，我不会骗你的。我不是坏人。

不是坏人也不行。冷燕似笑非笑地扭过脸去,看来你是头一次出门吧,住宿要证件,到哪儿都是这个规定。

什么破规定?把别人都当坏人看。金发女孩低声嘀咕了一句,我们那里的旅店可不像你们这儿死脑筋,不开化,有钱就能住宿,要不,我把家里的电话号码也给你?

我不要电话号码,只要身份证,冷燕手里的圆珠笔笃笃地敲着桌面,语气明显地有点生硬了,这儿是国营旅社,不是大车店,然后她忽然眼睛一亮,说,你没满十八岁?没有身份证?没满十八岁,不能单独住宿。

金发女孩绝望地看着冷燕,僵持了一会儿她似乎相信冷燕不是在故意为难她。

麻烦,她嘀咕了一声,讨厌死了。然后那个湿漉漉的身体蹲下去,又气呼呼地站起来,给你,女孩对着大堂的天花板翻了个白眼,她说,你们这地方的人,喜欢欺负外地人吧?

冷燕接过身份证后满脸狐疑,她把它转过来倒过去地看,嘴里发出一迭声的疑问,咦,咦,这是你吗?

怎么不是我?不是我难道是鬼?金发女孩愠怒地瞪着冷燕,你不就是要看这个丑样子吗,看个够去。

她扭过头去,恨恨地望着窗外的雨景,一只穿着新潮凉鞋的脚踢着服务台,踢了几脚,突然停下来,说,我没骗你,我是从北京过来的。我在北京呆了快三年了,怎么不是北京人。

冷燕没有计较女孩的态度,她从来没有在车站旅社接待过这样的客人。也许冷燕克制着好奇心,当她看到女孩的名字、

一 金发女孩来到了车站旅社　5

照片和家庭地址时，女孩的不合理的言行都有了合理的解释。冷燕忽然掩嘴而笑。

她现在懂了，女孩为什么不肯出示她的身份证，身份证暴露了女孩不愿意暴露的一切，照片上的女孩几乎可以说是个难看的女孩子，眼睛很小，单眼皮，鼻子有点塌。

冷燕的职业许可她仔细地对照人与照片的关系，冷燕眼睛厉害，很快她意识到金发女孩是做过整容术的，怪不得她的鼻梁挺拔得有点失控，怪不得她的大眼睛双眼皮看上去稍显生硬，尽管金发女孩在冷燕的直视下扭过头去，她的身体也不耐烦地扭来扭去，明确地表达她对冷燕的反感，可是冷燕是不在乎你是否反感的，大家知道验证客人的身份是她的工作也是她的权利。

冷燕一丝不苟地抄录了女孩的名字，马凤珍，一个土里土气的与时尚无关的名字，名字是父母取的，怪不到她的头上，可是这女孩怎么张嘴就撒谎呢，这身份证上写得清清楚楚，家庭住址是辽宁瓦房店，瓦房店与北京有什么关系？啊？她偏要说自己是北京人！

金发女孩拖着行李箱向楼梯上走的时候，回头看了冷燕一眼。

冷燕感觉得出那女孩眼神中的一丝懊恼。

冷燕向她保持着职业性的空洞的微笑，她说，钥匙在楼层服务员那里。

等到金发女孩消失在楼梯拐角处，她弯着腰咯咯笑了起来，大堂里的人曲解了冷燕，他们也笑，挤眉弄眼地问她，你笑什么？那女孩是——冷燕却没有那个意思，冷燕向楼梯上使了个眼色，说，滑稽，那女孩，整过容的，满嘴谎话，笑死我了，笑死我了，没见过这种女孩，从头到脚都是假的。

二　公共盥洗间里为什么有两条蛇

车站旅社春天时整修过一次。

门厅铺了大理石，黑的红的大理石交错着，人走在上面仿佛国际象棋走在大棋盘上。接待处的墙上一口气挂了四只石英钟，分别表示了北京时间、纽约时间、东京时间和开罗时间，这个开罗时间是否有必要，容我们以后商榷。

曾经使用了三十年的服务台不见了，现在的服务台气派极了，白橡木的柜壁上镶嵌着花梨木的菱形图案，中央是一个车头，代表本旅社所有权归铁路系统。

服务台上过蜡，很亮，客人走进来可以从中看见自己的鞋和裤腿，皮鞋亮不亮，裤线直不直，一望便知。

水晶吊灯垂在大堂中央，大多数灯头辉煌地亮着，极个别的灯头与灯泡接触不良，旧灯新灯装上去都不亮，这给花瓣状的光源造成了一定的影响。而红地毯的铺法充分反映了管理层让旅社旧貌换新颜的决心，红地毯的羊毛含量高达百分之三十，这么好的红地毯从底层沿着楼梯一直向上铺，铺到五楼，一点也不节约。

楼梯各拐弯处都置放了新颖的铝合金的垃圾箱，这种圆柱形的垃圾箱是多功能的，上端可以供客人吐痰，扔烟头，光是上端的用途就足以让垃圾箱受到车站旅社的青睐了，用冷燕的话说，投宿车站旅社的客人喉咙里都是不干不净的，也不知道是怎么回事，他们喜欢咳痰，走路咳，睡着咳，一边结账一边还咳着，他们的痰就是比别人多，很讨厌。

现在金发女孩走过了一个垃圾箱，她站在那里，从小背囊里挖出一样什么东西，放在鼻子下面闻了闻，是一只吃了一大半的馒头，馒头或许还没有变质，只是有点发硬了，女孩向楼梯上下张望了一眼，把半个馒头又咬去了一半，剩下的一点丢进了垃圾箱，虽然丢掉了最后那点馒头，但我们看得出来，金发女孩是个很节约的女孩。

走廊的墙壁上刷过白色的乳胶漆，春天时墙壁是雪白的，可现在油漆的气味还没有彻底散尽，白墙上就出现了黑色、黄色、褐色甚至是红色的各种污迹，二楼公共盥洗间门口竟然还有一个波浪形的鞋印子，也不知道谁干的好事，损人不利己。

墙的问题让旅社方面很头痛，开始维修工经常提着一桶油漆这儿刷一下，那儿补一下，后来油漆都用完了，没人去买，客人再玷污墙，墙只好那么脏着，好比一张年轻的脸拖了一点鼻涕，宽容地说也不是大不了的事情，除了几个挑剔的女客，大多数客人只要求被褥上没有污迹，从不去注意墙的清洁。

金发女孩注定是与众不同的，她东张西望，什么都看，旅社的优点缺点便都看见了。

二 公共盥洗间里为什么有两条蛇　9

她的房间是在三楼,可金发女孩在二楼楼梯口停下来了,她看见楼梯口的墙上有一只大蚊子,蚊子没咬她,没怎么她,她却莫名其妙地放下行李,脱下一只凉鞋,在那里一跳一蹦地打蚊子,她下手很准,打死了蚊子,墙上出现了一小摊新鲜的血痕。

打死你。女孩一边穿鞋一边得意地看着蚊子留下的血痕,忽然又不满地嘀咕起来,什么破旅社?养这么多蚊子,还收那么贵的房费。

车站旅社的格局还是旧的。

旧旅社的走廊一律很长,这一端向阳,光线明亮,那一端却沉在幽暗里,堆着一些黑乎乎的东西。从这一端到那一端,很像电影院里从光明到黑暗又从黑暗中发现光明的过程,其原因在于走廊尽头面向铁道的那扇窗户。

如果是火车进站的时间,你会发现走廊尽头突然亮了,那是蒸汽机车头射出的强烈的灯光,灯光照亮了四条铁轨以及路坡上的灌木,然后光线暗淡下来,火车隆隆地行驶过来,由于进站减速的原因,火车头和每一节车厢进入窗口时显得很不情愿,慢吞吞被迫的样子,但不管是人还是火车,看他们被逼无奈的样子都是很有趣的。

经过这条走廊的客人大多行色匆匆,他们不会注意到走廊尽头的窗子具有特殊的银幕的功能,尽管这块银幕上放映的镜头单调了一些。

金发女孩走到三楼走廊的时候大约是三点四十分,一切都还正常。正好是一列火车进站的时间,金发女孩发现了走廊尽头的那块银幕,她的脸上露出了一种稚气的惊喜的表情,她用手搭在前额上,看火车一明一暗地通过窗口,伴随着铁轨和旅社门窗朗朗的震动,女孩嘴里发出了一些大惊小怪的声音,哎哟,哎哟,我的妈呀。

三点四十分左右外面的雨停下来了,火车站周围的市声好像被扩音器放大,突然嘈杂起来。

一切都还正常,车站旅社的走廊由于隔音条件不好,人在走廊上什么都能听见,外面的市声能听见,附近客房里抽水马桶的抽水声、电视机的声音听得更加清晰,有一个房间里一群男人大概是在打扑克,打得互相骂起来了,一个男人说,我×你妈。

另一个男人说,我×你妈。

第三个男人在打圆场,他说,打牌玩玩嘛,×什么×呀?金发女孩一路走一路捂着嘴笑,一直走到走廊的尽头。

她的房间就在走廊的尽头,女孩看见那块类似银幕的窗户其实是一扇普通的窗户,火车开过去以后窗户里的风景是静止的,月台的一角,铁轨的一截,信号灯闪着绿光,远处有一幢灰蒙蒙的没有竣工的水泥楼。

窗户下面那堆东西现在也看清楚了,是一张漆了黑漆的方桌,方桌上伏着一个人的脑袋,是女人,烫过的头发乱蓬蓬的,金发女孩盯着垂在桌面上的一绺弯曲的头发,嗤地一笑,手伸出去,一定是想揪头发的,考虑一下觉得不能这么做,就缩回了手。

哼，上班时间打瞌睡。她说，喂，醒醒，你还睡，还睡呀，你们旅馆失火啦！

修红就这样醒了，一个被吵醒的人脸上天生带着困倦而厌烦的表情，她猛地抬起头打量着金发女孩，与总台的冷燕不同，修红对她的金发表现出了明显的兴趣，她的慵懒的目光落在金发女孩的金发上，一下子生动起来。

你一个人？修红站起来，一边研究女孩的金发一边从桌子后面绕出来，是你开的房？

是，怎么啦？金发女孩冷眼看着修红，我不能开房？

修红大概觉得自己问得不好，也就不怪人家说话气不顺。她说，我没有别的意思，你别误会。我们这里很少有单身女孩来住的。

修红对金发女孩挤出了一种赔罪的笑容，她的手始终在转动一块缀满钥匙的塑料牌。你的房间没有盥洗间，她说，洗澡到对面的公共盥洗间，晚上九点以前供应热水，过了点就没有了。

没有就没有。金发女孩说，谁稀罕热水澡？又不是没洗过热水澡。

我不是那个意思。修红宽容地一笑，她转出一把钥匙，说，你这房间的门很难开的。一边说着手左右这么晃了一下，肩膀用力抵着门，门吱吱嘎嘎地打开了。

请进。修红仍然盯着女孩的头发，她说，你的头发，在哪儿染的？

北京。金发女孩响亮地回答。但她的表情显示出她是不情愿回答这个多余的问题的，金发女孩满面讥讽之色，染头发也管，你们这里的人管得真宽呀。

开始一切都还正常，修红进去送热水瓶的时候看见金发女孩正站在窗前向车站广场上的世纪钟张望，嘴里自言自语道，我的妈呀，这么大一个钟！

修红接她的话说，是世纪钟，所以要有气派，三十米高呢。

金发女孩对修红没有好感，人家的好意一概当成驴肝肺，居然回过头抢白修红道，三十米有什么稀罕的？搭得再高也是一只钟——批评世纪钟就批评世纪钟，金发女孩话锋一转，突然又批评起我们这个城市的地域文化来了，她冷笑了一声说，你们这地方的人呀，就是不实在，报上怎么说的？假、大、空，你们这地方就喜欢弄那一套——批评假大空就批评假大空，她又抬出了一些不相干的地名来贬低我们的城市，你们这地方算老几，她说，自以为先进，自以为有钱，怎么不去跟北京比，跟香港比，怎么不去跟纽约比？

修红吐了下舌头，她觉得这个女孩率直到了可恶的程度，看来缺乏必要的修养，这种客人，你对她说话就像对烟花爆竹说话，说得不好它就爆炸，不交谈也罢，修红快快地回到她的岗位上，半睡半醒地坐着。

大约过了五分钟，她看见金发女孩带着一只塑料袋走进公

二 公共盥洗间里为什么有两条蛇　13

共盥洗间。你不是不稀罕热水澡吗？不稀罕洗什么？修红忍不住向女孩的背影回敬了一个嘲讽的白眼，不过女孩没有看见。

女孩匆匆进入盥洗间，门被砰地撞上了。过了一会儿，水流的声音开始从盥洗间里面传出来，女孩哼唱流行歌曲的声音也隐隐地在走廊上回荡。

一切都还正常，大约又过了五分钟，修红忽然听见金发女孩在盥洗间里发出了那声尖叫。

蛇，蛇，蛇！

大家知道蛇这个音节在汉语中属于最不响亮的音节，尤其在缺乏背景的情形下它更给人以语焉不详的印象，修红当时听不清尖叫声的具体含义，她站在盥洗间门口问，水怎么啦，烫着你了？

女孩仍然在里面尖叫。蛇！蛇！快来打蛇！修红听清楚了，她说，什么蛇？哪来的蛇？

听清楚已经晚了，六月蛇灾风暴似的降临了，降临在车站旅社，修红挡也挡不住了。

金发女孩从盥洗间里面撞了出来，她满面惊恐之色，蛇，蛇，里面有两条蛇！

修红怔在那里，她说，你说什么呀？怎么会有蛇？

修红当时的震惊其实与蛇无关，她瞪大眼睛，看着女孩湿漉漉的一丝不挂的身体，你怎么可以这样？怎么可以这样？

修红的眼神明白无疑地谴责着对方，但金发女孩顾不上以眼还眼了，她带着哭腔说，快把我房间门打开，快打开呀！

尖叫声惊动了三楼各个房间的客人。

先是世纪财神彩票发行办公室的几个人跑出来了，他们站在走廊的中部向这里张望，嘴里啊呀呀啊呀呀地叫着，紧接着旁边房间万向轮厂办事处的办事员也出来了，那个办事员意识形态一定不怎么健康，他本来距金发女孩比较远，为了看得清楚一点，竟然向前走了几步，嘴里还假惺惺地问，怎么啦，怎么啦？

普通客房里的人也出来了，一个带着孩子的外地采购员站在万向轮厂办事员的后面，探出脑袋向这里看，他的孩子欠教育，那么大的小男孩居然会说裸体这种字眼，拍着巴掌大叫大嚷：裸体，裸体，看裸体！

金发女孩躲到了修红的身后，过度的慌乱使她失去了理智，她挥手打修红的肩膀，打她的背部。

快开门，快开门！金发女孩不仅用手，还用脚踹修红，快开，快开门！

可是事情就是这么奇怪，不怪修红不卖力，怪那门心怀鬼胎，钥匙怎么转肩膀怎么顶它，它也无动于衷，修红怎么也开不了那房间的门了。

你别打我，别踹我，你这么打我让我怎么开呀？修红也叫嚷起来。

金发女孩急中生智，去扯修红的衣服，快脱，把你的衬衫给我！

修红说，亏你说得出来，给你穿我穿什么？

二　公共盥洗间里为什么有两条蛇

金发女孩的手原来抓着修红的衬衫，被拒绝以后那只紧张的手一下子从修红背上滑下去了，修红能感觉到金发女孩的绝望，然后她觉得女孩把她的身体左推右操的，当做了一个盾牌，她听见女孩在后面的尖叫声，让你们看，看，看个够吧，明天都得青光眼！都得白内障！

　　当时的情景不宜过度渲染下去，反正基本情况是这样：走廊上的人不肯离去，你也不能把他们推进房间去。修红越急越乱，迟迟打不开门。

　　这种窘境本不该发生，走廊尽头原先光线幽暗，是金发女孩自己把盥洗间的灯打开了，如果关掉盥洗间的灯，你怎么努力地看最多也看个模模糊糊，应该去关掉那一百瓦的大灯泡，别让它像聚光灯似的照在金发女孩的身上，可是盥洗间里有两条蛇，你让谁去关灯？

　　突发性事件总是令人难以应对，该想到的步骤全成为事件发生之后的马后炮，倒是应该让走廊里的男人们去关灯，男人胆大一些，应该不怕蛇，可是正如修红和金发女孩顾不上灯光的问题一样，男人们也顾不上别的呀——这种道德上的事情，你让人怎么评说是好？

　　他们站在走廊上看，看了一会儿彩票办公室的人不好意思了，纷纷退回到房间内，那个年纪大一些的还远远地指挥着修红，说，小修呀，别慌，先去找一件衣服给她穿上。

　　万向轮厂的办事员却拿了把扫帚赶过来了，他的眼睛放射出明亮的光芒，我来打蛇，我来打！

办事员的眼神透露出他是一心二用的，可你也不能把这种事情挑到明处说，大家知道办事员尽管打蛇打得不专心，放走了一条，可毕竟他打死了其中一条蛇，功大于过的。

说来说去责任不在人的身上，责任是在蛇的身上。都是聪明人，这貌似复杂的事件其实几句话便交代清楚了，车站旅社这起事件的肇事者不是人，是蛇。

估计这会儿大家都要问了，这是旅社，又不是动物园，哪来的蛇呢？

三　蛇与美丽城的关系

下午三点四十分,从一节货车车厢里涌出来的蛇大量潜入了火车站地区。

由于大雨的掩护,也由于那节货车车厢停靠了一号站台,大批经过长途旅行来历不明的蛇群潮水般越过车站的栏杆,带着非法暴动的色彩,让人联想起电视报道的南美某国监狱犯人的暴动。

现在想想车站的栏杆也是有责任的,它们先天不足,只管挡人,其他一概不管,天上飞的地上爬的都挡不住,只好敞开了口子让蛇自由地进出。

此事至今仍然是一个谜。在装满旅游鞋、运动鞋和轻便鞋的货车车厢里怎么会混进了三只装满群蛇的集装箱?

几个在车站负责装卸货物的工人目击了集装箱破损后蛇群纷纷出动的过程,他们大多是来自乡村的民工,不会把蛇当成黄鳝,他们凭着天性随手找到各种器具打蛇,可是蛇太多了,打不过来,而且其中有两个民工被蛇咬到了。被蛇咬到了过后他们才害怕起来,捂着伤口去找车站方面汇报,汇报有什么用呢?

群蛇在三点四十分左右大量涌入了火车站地区，滞留在集装箱里的蛇已经不多了，它们行动迟缓的原因无疑与旅途劳顿有关，有的已经奄奄一息，口吐白沫，身体泛出一种奇怪的深蓝色。

正是这种深蓝色引起了有关人员的警觉，他们断定这些蛇不是食用的肉蛇。向押运员调查情况，押运员却一问三不知，说他自己也奇怪呢，旅游鞋怎么在路上一直沙沙地响个不停，他什么也不知道。

车站的人便仔细察看集装箱上的收件地址，地址的字迹很清楚，可是很不详细——火车站广场四号爱特生物高科技有限公司收。

车站方面的所有人都看出这个地址有问题，什么火车站广场四号呀？谁都是火车站广场的活地图，这一带有什么公司清清楚楚，哪来的爱特公司，哪来的生物科技有限公司？听上去倒像是沪深两市的上市公司嘛。况且火车站广场是个露天的景观广场，是民心工程，不是商业广场，不是写字楼，不是居民区，哪来的四号？

有聪明人反应敏捷，很快指着火车站对面的美丽城，圈定了最初的怀疑目标。

他们说没准这个爱特公司在美丽城，美丽城落成以后好多人进去租房开公司，如今人们手里有几个钱都喜欢开公司，倘若他们不知道这家爱特公司，也是正常的。

为什么蛇灾发生当天大家都听说美丽城与此事有关？现在我大致也交代清楚了，其实是车站货运部几个人的猜测而已。

三　蛇与美丽城的关系　19

四　车站方面的人坐电梯上上下下

车站方面的人坐电梯在美丽城的大厦内上上下下，寻找爱特生物高科技公司。

寻找的过程很艰难，由于美丽城的物业管理刚刚起步，各个环节多少有点混乱，禁止吸烟的牌子挂得到处都是，而且牌子烫了金，可是除了宣传禁烟，其他方面却未能与国际管理模式接轨。

各进驻公司的牌子至今没有做好，每一个公司便秘密地潜藏在大厦的各个角落里，必须凑近了才看见公司的名称。苦了车站方面的人，他们坐电梯上上下下，就是没有找到那家爱特公司。

出现过与爱特发音接近的爱蒂特公司，可人家是一家中外合资的时装公司，与生物无关，与高科技有没有关系不敢确定，但此公司与蛇无关是可以确定的。

十一楼上倒是出现过一家生物制药公司，可人家公司的名称叫百岁星，一个具有宣传效应的名称，吃了它的药便长命百岁么，这家公司的销售人员好，不急于撇清他们与蛇的关系，他们知道来人是火车站的，不失时机地推销起他们的产品来，他们拿了一堆药让车站的人带回去吃，有的是健脑益智的，有的是清理血管防止动脉硬化的，有的药效不具体，就是对长寿有益，有的药效很具体，但销售人员说得很神秘很含蓄，说，这药市场上最畅销，对那个事情，那个，特别有好处。

车站的人也不是傻瓜，听明白了，也拿了人家的东西，但他们公务在身，急于打听爱特公司的下落，百岁星公司的人起初还是搞商战的思路，说，我们公司是总代销商，价格呀回扣呀，那些小公司没法跟我们竞争的！

后来终于明白过来了，就很扫兴地指着楼上说，楼上有家拉特公司，不知道他们经营什么，没准他们卖蛇，你们去那儿问问吧。

他们在十三楼又看见了那个矮小的却是衣冠楚楚的人，此人铁青着个脸，一只脚架在窗台上，一只手揪着下巴上的胡子，正在俯瞰下面火车站广场的风景，电梯里出来人，他就回头看人一眼，眉头紧皱，眼光带有莫名的敌意。

车站方面的人都认识他，是原先在火车站一带吃社会饭的克渊。

克渊，你怎么在这里？

他们很快就后悔了，不该这么亲密地和克渊这种人打招呼的，克渊瞪着他们说，你们怎么在这里？上班时间到处乱跑，回头我让你们萧头把你们都炒了。

火车站的人都了解克渊，他们没必要向克渊透露此行的目的,他们急着找爱特公司,令人费解的是克渊,他们在十楼看见克渊,在十一楼也看见了克渊,都是一副怒气冲冲的样子,后来到了十二楼,他们竟然又在电梯口撞见了克渊,车站的人只是纳闷,这个人怎么像个没头苍蝇一样在美丽城乱飞一气?

他们没说什么,克渊倒先发制人地嚷嚷起来,哎,你们几个人发×疯呀,怎么像个没头苍蝇一样到处乱撞?

男主人公克渊现在正式出场,出场时间不巧,也晚了一些,不仅是读者一时摸不着这人的脉,连车站方面的人对他的近况也一无所知,他们不知道克渊现在正是拉特公司的员工,更不知道克渊刚好和拉特公司的经理德群吵了一架。

五　德群让克渊当教授了

下午三点四十分的时候，一切都还正常。群蛇只是出现在广场东侧的车站旅社一带，西侧的美丽城一切都很正常，人们在各自的办公室里听见外面的雨声小了，十三层的拉特公司狭小的办公室烟雾弥漫，克渊去开窗，看见最后一滴雨点在拉特公司的玻璃窗上挣扎了一下，然后无声地坠落了。

克渊对德群说，雨停了。

德群向窗外看了看，说，我知道雨停了，你要走可以走了。

我不走。我什么事也没有。克渊说，什么事也没有，我上这儿来一个多月了，什么事情也没有，我天天这么坐着，屁股上坐出老茧来了。两个老茧，左边一个，右边一个，骗你不是人。

那你就站着，德群说，来坐一坐，站一站，一个月给你一千三，不吃亏吧。

我不是那个意思。克渊说，我这么坐着总不是一件事，我们是兄弟不错，可总不能光坐着不干事，天天这么坐着，我有点发慌。

慌什么？会有事情给你做的。德群说，你以为拉特公司是慈善机构呀。

不是那个意思。克渊说，其实三三他们做的事，我都能做，老西门那一带我最熟了，大锅子光屁股的时候我就认识他了，你让我去，怕他不还钱？他敢不还钱？

不一定。德群轻蔑地笑了笑，说，你们几个人，谁该干什么，谁不该干什么，我最清楚。动嘴皮子的业务三三他们做，你克渊合适做什么，我也清楚，你自己心里也是清楚的吧。

克渊不傻，他的双腿一直烦躁地在地砖上滑动着，现在两条腿突然并拢了，僵硬地靠在一起，我合适做什么？克渊说，动刀子？合适动刀子？

德群看了克渊一眼，我说你合适动刀子了？我什么时候说过这句话？

克渊瞪大了眼睛，你不说我也猜到了，让我捅人。见红的事情归我做。你们动嘴我动手。你们出刀我舔血。

这可是你说的，我没说。德群干笑了一声，说，舔血，亏你说得出口，舔血是什么年代时兴的话？克渊你该好好学习一下了，现在没人说这些话，告诉你，现在广东一带叫修理，我们这儿叫上课。

玻璃窗外什么东西飒飒地响起来，克渊回头看着窗外，外面什么也没有，雨停了，一定是风，所有的高层建筑都会使风声变得可怕起来。我现在总算懂了，克渊看着窗外，说，德群，你他妈的是个人物，这么深的城府，这么沉得住气，你是个人物呀。

你也是个人物嘛。德群说，进了拉特公司，都是人物，不是人物的，进不了拉特公司。

好。克渊拍了拍膝盖，他说，好，我宋克渊什么都不会干，就擅长——上课，他妈的，上课？什么意思？那我是个教授啰。

你是特级教授，一般的教授没有你挣得多。

狗屁教授。狗屁，我看见教授就想打，他们乱提意见，火车站端社会饭饭碗的，都是让他们砸的饭碗，上这儿呼吁，上那儿呼吁，这个要治理，那个要治理，我看他们自己要好好治理治理。克渊说，别让我撞见他们，教授？见一个打一个！

你火气大，火气大有火气大的好处，上课容易上出效果。

狗屁效果。克渊说，德群呀德群，你他妈的厉害，封我当教授，原来你对我是这么个看法。

我的看法错了？德群说，错了你纠正我嘛，告诉我，你不是教授是什么？

我不是教授。克渊躲避着德群逼人的目光，他举起自己的手看，看见食指指甲长了，咯地一下，就把指甲咬掉了。我不是教授，他说，三三他们是教授。小马也是教授。小马他爸爸在环卫所掏大粪，大粪掏得好，是大粪教授。

你他妈的太谦虚了。德群笑了一声，你是吃社会饭的教授嘛，火车站一带谁不知道你宋克渊，你是火车站的编外站长嘛，什么人的交道没打过？怎么突然跟我谦虚起来了？我开公司拉人是随便拉的？宋克渊，好好动动脑子想一想，世面上的事情你懂，有的人敬酒不吃吃罚酒，红的白的都不怕，就怕黑的，这种人，要上课！

对，我专上这个黑课。克渊说，闹半天我是一个黑教授，好，让我上黑课，弄出事情来怎么说，谁替我擦屁股？谁出面替我摆平？德群我提醒你，兄弟今年四十一了，不是十四岁。

我让你干什么了？说这种屁话。擦什么屁股？德群的表情看上去有点厌烦，猛地拍了下桌子，克渊，我看你那点胆子是掉到粪坑里了——后悔还来得及，你可以出去攀个高枝，不过我还是要打听一下，克渊，你会什么？会什么？啊，克渊你有什么特长我不知道的，说给我听听。

克渊摇了摇头，他回避了德群关于特长的问题，却揪着胆子大胆子小的事还击德群，我胆小了？他瞪着眼睛，说，我就不知道胆小两个字怎么写？哪件事情上说明我胆小了？我问你，那天在海鲜世界，谁先提着啤酒瓶到那帮人桌上去的？那天在停车场，谁给了那看车的一个嘴巴？

德群从容地看着克渊，腿在桌子下面有节奏地抖动着，他没再说什么，一切都还正常。

外面突然响起一声沉闷的惊雷，天空顿时暗了下来。

克渊来到窗边，看着车站广场上的世纪钟，你别老眼光看人，克渊说，我做生意也在行的，我不是光会卖拳头的人。

世纪钟现在孤寂而骄傲地耸立在灰暗的天色中，钟的底座和支架闪烁着银色的光芒，一个被我们称为创意的念头从克渊的头脑中飞速地掠过，克渊眼睛一亮，把世纪钟买下来，德群，去把世纪钟买下来，他冲动地嚷嚷起来，买下世纪钟，我们的生意就做开了！

买世纪钟？德群说，你怎么不劝我去北京把人民大会堂买下来，啊？买了它干什么？

干什么都行嘛，那么高的东西，我们在上面修一个餐厅，旋转餐厅，不怕没生意，管委会那几个人我熟，我去跟他们谈，估计花个几十万就能拿下来了。

你出钱？德群斜着眼睛瞥了克渊一眼，然后就不理睬他了。天色暗了。

德群打开了办公桌上的台灯，从口袋里掏出了那本黑名单——请大家不要紧张，以为我一下把大家带进了哪部香港或者美国的电影里，说着玩的事不能认真。

所谓的黑名单其实是一个普通的电话记事本，记事本巴掌那么大，黑色人造革的封皮，上面有几个烫金的日文字，充分显示了它的主人曾经东渡日本的特殊经历，而记事本中的内容与拉特公司从事的特殊业务有关，它记满了人名、电话号码、地址，以及大量的债务金额，金额或大或小，大多数是人民币，但偶尔也涉及外币，比如日元、韩元，还有一笔业务甚至是泰国的铢，可见拉特公司的业务也是国际化了的。

德群歪着头看他的记事本，德群看的是属于他自己的商业机密，怎么看都正常，可克渊见他看得专注，忍不住也把脑袋凑了上去，于是事情就不正常了，德群一扬手，就像教训儿子或者孙子一样，在克渊的脖颈上打了一巴掌，一巴掌，打的是脖颈。

德群虎着脸向克渊叫喊起来，宋克渊，亏你还是吃过社会饭的，连最起码的规矩你都不懂！

克渊摸着他的脖颈，很明显这一巴掌把他打晕了。

不能看呀？机密？他嘀咕着，忽然反应过来，破口大骂起来，×你妈的大姐，×你妈的，邵德群你打我脖子？

克渊向前冲了一步，看见德群下意识地欠起身子，抬起手，似乎是一个防卫的动作，似乎又是稍安勿躁有话好好说的样子，克渊的身体便僵滞在那儿了。

他向办公桌踢了一脚。

你打我脖子？我长这么大没让人打过脖子，你他妈的打我脖子？克渊说，不让看就不看，说一声，你他妈的打我脖子干什么？

我打你脖子了？放屁，不过拍一下。德群竖起手掌看了看，很快镇定了，他盯着克渊，好，就算我打你脖子，你的脖子打不得？那你要不要打还我一下？

克渊看了一眼德群的脖子，德群的脖子上系着一条粗粗的颈链，现在那条金质颈链向克渊闪烁着高贵的傲慢的光芒，每一粒光芒都让克渊感到压抑和不公。

德群我告诉你，别以为你发点财做了老板就怎么了，克渊说，你他妈的就是成了千万富翁，也别在我面前充大佬。我在火车站摆地盘时你还跟着我混呢,你不要忘本,你到日本去怎么走的?我给你找的车,把你送到上海机场。

别提那烂车了,路上抛三次锚,差点误了班机。德群说,你跟小孬要回扣的吧?他宰我一刀,叫个不认识的司机也只要三百块,他非要四百。那一百肯定你拿了。

你这么说就没意思了。克渊说,又不是小孩吵架,什么狗屁事情都翻出来。

你翻老账我就跟你翻。德群说,克渊我今天也顺便提醒你一句,以后别老是在外面说,我德群是跟你混出来的。别说这种话,你不脸红我脸红。跟你混出来的?你怎么带我混的,跟你要一支烟抽,你不给,你让我掏五毛钱买一支烟。不掏你就让我捡你的烟屁股。

克渊的脸红一阵白一阵的,他狐疑地看着德群,开玩笑吧?他说,肯定是开玩笑,我克渊从小就最讲义气,怎么会让你捡烟屁股?我就是自己没有烟抽——

你算了吧,德群尖厉地大笑起来,他说,我看你的记性是掉到粪坑里去了,过去的事情,过去你是什么嘴脸,你自己什么都记不得了,我们替你记着呢。

克渊头脑中一片空白,但他能确定德群对他的过去所作的鉴定是片面的,克渊有点恼怒,他转身就向门边走,忽然想起什么,回过头问德群,你光记我的缺点不记我优点,我的优点呢?难道我一点优点也没有?

优点肯定是有的,就是一时想不出来。德群怪笑着说,人哪会一点优点也没有？你如果一点优点也没有就该到垃圾处理场去了，我怎么会要你进我的公司？你的优点你自己总结嘛，还要我说？

克渊还是没有等到德群对他一分为二的分析。

没意思，克渊摇摇头，说，没意思！

克渊踢翻了一只纸篓，纸篓里滚出来一只可口可乐的易拉罐，他就踢着那只易拉罐走到了门外。没意思！克渊站在门外突然吼了一声，把门重重地撞上了。

不愉快的一天。

克渊铁青着脸向电梯那里走。

他没有料到德群会给他一个脖子，他也没有料到自己的理智竟然战胜了感情，他多么想打还那一巴掌呀，可是许多声音在他耳边七嘴八舌地警告他，打不得，打不得，老板打不得。

老板当然是打不得的，脱裤子放屁，打了老板向谁领工资去？

克渊不是计较谁打谁一巴掌，他是咽不下一口气，三十年河东三十年河西，以前都是他打德群，现在却是德群打他的脖子，啪地一下，打得那么响，×他表姐的，就像老子打儿子！

美丽城里弥漫着一股茉莉花的香气，是每天早晨清洁工喷洒的空气清新剂的香味。

走廊里回荡着很耳熟的背景音乐，你一定在哪里听过的，却说不出那是什么音乐。

大家了解克渊，认为花香和音乐对于克渊是对牛弹琴的东西，但是现在事情发生了，事情改变了，克渊站在电梯门口，突然对空气清新剂和背景音乐充满了留恋。

他看着电梯门中映出一个矮小的衣冠楚楚的人，头发乌黑发亮，白衬衣花领带，黑裤子黑皮鞋，那是他克渊，不是别人，克渊对着电梯门摁了下头发，愤怒的头发便恢复了它应有的风度形状。

克渊现在发现他对这座塔形建筑也充满了留恋。

他要去哪里？

他下电梯去哪里？

除了去顺风街洗头，他还有什么事情可做？可是他最近已经发过誓了，一星期洗一次头，只洗一次，绝不多洗。

下午五点钟，克渊在美丽城里漫无目的地上上下下，他去了十九层上的德尔斯公司，那是美丽城里气派最大的公司，电话铃声、打字机的声音响个不停，那里的白领小姐个个年轻美丽而且优雅文明，不说本地方言，更不说脏话，他们说的普通话带着香港或者台湾的口音，他们在电梯里说英语、法语、日语，克渊没什么文化，不便评判人家的外语说得怎么样，他就评价人家小姐的长相，说谁行谁不行，为了显示自己品位不俗，克渊采取了打倒一大片的策略，但有一个萧小姐，克渊也不得不承认人家是国色天香。

那个萧小姐走进电梯，电梯里便一片寂静，男人们就是见不得漂亮小姐，有口臭的紧紧抿着嘴唇，憋着呼吸，肠胃不适的不敢放屁，绷着身体。

克渊每次看见萧小姐在电梯里，忍不住地会向一边的德群看，德群这家伙会装蒜，他从来不正视萧小姐，可是人的目光都是带有余光的，这余光最说明问题了，克渊知道德群心里在想什么，克渊替他说出心里的念头，德群却说，你钻在女人的裙子里了？打她一炮，打她一炮，你想打她的炮你就去。

德群就是这么个口是心非的人，克渊知道他的心思，他听三三说，德群约过萧小姐，萧小姐没理他。三三替德群约过萧小姐，萧小姐也没理三三。

克渊不知道他为什么会冒出这么一个念头，他站在德尔斯公司的接待柜前时，这个念头已经很清晰了。

接待小姐问克渊，先生有何贵干？

他说，没有什么贵干，萧小姐在吗？

接待小姐问，你和萧小姐预约了吗？

克渊说，哪有这么麻烦？我现在就约，你去喊她出来，不一样是预约了吗？

接待小姐讽刺他说，你这个人很聪明嘛。你是哪儿的？

克渊竖起大拇指向楼下指了指，说，十三楼拉特公司的。我们算是兄弟公司，这位小姐别弄得那么生分好吗，叫她，快叫，你不叫她我自己进去叫了。

萧小姐出来了，穿着白色的上衣黑色的裙子，一条银色的带子随意地搭在她纤细的腰肢上，美丽城里就是出这种美丽的女孩，后面看像时装模特，正面看像电视剧里的女明星。

萧小姐举手投足就是女明星的味道，她脉脉含情地盯着克渊，抱着双臂，等待克渊说话，克渊说，我们经理请你吃晚饭，让我问你，你喜欢哪家餐厅。

萧小姐像电视剧里的西方贵族小姐一样嗯哼一声，喜欢哪家餐厅？她说，哪家也不喜欢呀，回去告诉你们老板，这城市没有一家我喜欢的餐厅。

克渊说，这是什么话，这么大个城市，怎么没有你喜欢的餐厅，汉宫你去过吗，大欢喜你去过吗，国际酒店的意大利餐厅你吃过吗？

萧小姐含笑看着克渊，意大利餐厅？她说，没去过，在国际酒店？国际酒店在哪儿？

克渊反应慢一些，明明看见萧小姐在向她的同事挤眉弄眼，却不愿意相信这萧小姐在耍他，克渊还想趁热打铁呢，那就定在意大利餐厅？六点半，他说，七点也行，我们有车，在停车场等你。

萧小姐或许发现克渊这个人是没有一点幽默细胞的，对这号人只能板着脸说话，萧小姐于是就翻脸了，迷人的笑容一下消失得无影无踪，要泡妞上顺风街去，少到我们这儿来胡搅蛮缠！

她丢下这句话，转身就走，连拜拜也不说，高跟鞋咯哒咯哒地一路响过去，表达着剩余的蔑视的立场。

克渊一下子有点发懵，他看见接待小姐用一种幸灾乐祸的眼神瞟着她，还掩嘴偷笑。

克渊说，嘿，这小姐傲得很嘛，我们老板不配和她吃饭？

谁配得起她？李嘉诚？×，她配得起李嘉诚吗？

克渊晃荡着离开德尔斯公司，来到电梯口。

他对着电梯开始发呆，责问自己为什么会去做这荒唐事，怎么能这样来证明我的能力？他刚刚打了我一巴掌呀，幸亏人家萧小姐没有答应，万一这次约成功了德群会怎么想，他会想这克渊不是个十足的奴才吗，你打他他替你去约小姐，下次就更要打了，天天打，打了让他天天去替我约小姐。

克渊站在电梯口，从不锈钢的反光中端详自己的脸，他拧了把自己的脸，拍马屁，拍马屁，舔屁股，他说，奴才，奴才，人家撒尿你替他扶鸡巴，人家拉屎你替他掀马桶盖。你不敢得罪德群，你得罪了德群就后悔，立功赎罪也不用去舔他的屁股。

不舔，不舔，克渊对自己说，他敢炒我鱿鱼？他敢？宋克渊是什么人，他德群不是不知道！电梯门打开了。克渊看见几个人从里面匆匆地出来，是火车站货运部的几个人。

他认识那些人。

你们干什么？像没头苍蝇一样窜来窜去的，这儿是写字楼，谁让你们进来的？

那些人七嘴八舌地向他打听爱特公司，克渊说，你们不会看牌子呀，是什么公司，美资的还是日资的，中外合资的？合资公司到上面去，上去上去。

货运部的人对美丽城人生地不熟，听了克渊的话又慌慌张张地挤回到电梯里。

克渊看见其中一个人的鞋子，那是双过时多年的解放鞋，鞋子后跟已经磨烂了，露出化纤的丝袜，袜子上居然也有一个洞。

克渊忍不住低头看了看自己的鞋子，一双新的老人头皮鞋，尽管德群揭穿它是一双仿冒的名牌鞋，可克渊现在分明听见自己的脚在这双鞋子里歌唱，克渊，克渊，混得不错，混得不错。

克渊决定回去。

他在拉特公司的门口遇见了四眼和他的女朋友。他说，四眼你来干什么？

一定是由于女朋友在身边，四眼对他说话很不客气，来干什么？谈业务！

克渊盯着四眼的女朋友看，他认出那个女孩是顺风街一家发廊的洗头妹，克渊就怪笑一声，说，四眼你会省钱，以后洗头不用花钱了。

四眼的女朋友顿时沉下了脸，四眼倒是沉得住气，他不紧不慢地说，克渊你少给我来这一套，现在到哪儿也没你说话的份，你算老几，给德群拎包嘛。

一切都乱套了。四眼也敢跟他叫板。

好，好，四眼你嘴凶。克渊歪着头看他们搂搂抱抱地消失在走廊上，恍惚看见一个矮小的身影向那一男一女冲过去，男的赏他一拳，女的客气一点，给她一个耳光，上课上课给你们上课！

你他妈的是在跟谁说话？克渊清楚这是一个幻影，他已经好久没有对人动过手了，克渊现在很文明，克渊的文明是社会文明的缩影。

大家动嘴不动手，现在人不比从前了，一个个都欠揍，却一个也揍不得，有钱人揍不得，钱给他撑腰，没钱人也揍不得，反正没钱，正活得不耐烦，你打他一拳他捅你一刀，你活得比他好，同归于尽是他赚了。

克渊现在也不比从前了，血气是有的，可胃不好，十二指肠溃疡，关节炎严重，不能奔跑，心动过速，一发火胸口就会发闷，现在克渊看着四眼和他女朋友的背影，明显地感到胸口发闷，他就揉着胸口对他们喊了一句，四眼，你以为你带着个美女？以为我不认识她？你知道不知道顺风街上怎么称呼她？松下裤带子，松下裤带子小姐！

克渊一只脚在外面，一只脚在门内，从门后面探着头向里面张望，他咳嗽了一声，这是在向德群征求意见，让我进来吗？让我进来我就进来，不让我进来我也不求你，我走。

里面的德群没有反应，那是一种君子不记小人过的表示，克渊就进去了。

德群把腿架在桌子上，冷冷地看着他。你文明一点好不好，他说，我告诉你多少遍了，这是在写字楼里，不是在顺风街，不是在火车站！

我看见四眼气就不顺嘛。克渊说，他能做出什么大生意，他哪有业务跟我们做？抠了屁眼吮手指的东西，能放多少款子出去，撑死了万把块钱。

我是老板还是你是老板？万把块钱的生意不做，你倒是给我去揽几百万的大单子呀。

我不是那个意思。克渊说，我是说跟四眼这种人打交道，没有什么油水。

生意不好做，肉皮也拿来榨油。德群说，我在日本的时候老板就是这么跟我说的，公司开张那天我也这么对三三他们这么说的，现在对你再说一遍，你给我记住了，我的话你懂不懂？

克渊不是傻瓜，他说，你的梦话我都听得懂，怎么不懂，只要有钱赚，什么业务都接嘛。四眼的款子怎么回事？你交给我好了。他都跟谁打交道，我不扳指头都说得出来。

德群这次没有拒绝，德群说，克渊你记住，这是你主动请缨，不是我逼你的，四眼的事情是三万块，数目是可怜，可他答应和我们对半开。

是谁呀？谁这么倒霉，欠他的钱？

德群的笑容看起来有点狡黠，有点神秘，他打开记事本看一眼又合上了。我这个名单分红区白区黑区，红的都归小于小白他们做，都是国营单位，他们做出经验来了，白的归三三他们做，你也是知道的。

德群盯着克渊，似乎在观察他的反应，他说，你也是知道的，我做事情很小心，黑的业务一般不接。四眼的这笔业务我还真不知道该往哪儿放，就放到黑区里来了。黑区里还是头一笔业务呢。

到底是谁？你卖什么关子？克渊说，我知道你让我干什么，你不是封我当了黑教授了吗，这教授好当，拿刀子上课。说呀，你让我跟谁动刀子？

克渊你记住，动刀子不动刀子的话可是你说的，我不负责任。德群向克渊挥着手指，正色道，反正你自己也不愿意在公司吃闲饭，我当经理的不过是人尽其才，给你们做个分工，你接了这业务，怎么做是你的事，做出什么事情来也是你自己的事，你也是吃过社会饭的人，这种难听的话我就说一遍，不说第二遍。

第一遍都不用说。克渊翻着眼睛说，哪来这么多思想教育，是谁，你他妈倒是快说呀。

能是谁？让我放到黑区里的人，不是地痞就是无赖。肯定是不见棺材不掉泪的人嘛。德群轻松的语调听上去不是那么自然，他说，你认识的人，梁坚。你肯定认识的，他是冷燕的丈夫嘛。

克渊当时就傻眼了。我们马上就知道克渊在拉特公司负责的第一笔业务是多么的棘手了，三句两句话说不清楚，干脆不去说它。

还是说火车站广场上的世纪钟，世纪钟这时候訇然敲响了。德群下意识地看了看手表，说，六点半了，你该走了，我也得走了。

德群忙着锁上一个个抽屉，随手关上了灯，看见克渊挺着腰坐在黑暗里。

你怕梁坚？德群说，要不你是怕得罪冷燕？他们不是在闹离婚嘛。

克渊坐在黑暗里听外面的钟声。

我怕他？我怕他阎王就怕小鬼了。克渊说，怕个屁，反正捅谁都是捅，捅谁都是一刀。

德群说，人家梁坚可是出名的美男子，你别嫉妒人家专门破他的相，让人家狗急跳墙。

克渊听着外面的钟声，坐在黑暗里抖动着膝盖，美男子有什么屁用，克渊说，现在的社会，就认钱，谁认你的脸——钟怎么啦，怎么停不下来了？

远处的世纪钟好像出了新的问题，钟声一遍遍地敲着，敲了六次，没有停下来，克渊从沙发上跳起来，三步两步地跑到窗边，向广场上的世纪钟张望，乱套了，钟也疯了！世纪钟仍然坚定而持续地敲着，当德群来到窗边的时候，他们看见有好多人围到世纪钟下面了，好多人在广场上仰着头听世纪钟发狂的钟声，德群说，什么世纪钟？狗屁，三百万造一个钟都没造好，很腐败嘛。

室内的空气莫名地凝固起来，克渊感到有点心慌，他捂着耳朵离开窗子，说，疯了，连钟也疯了。

钟声丝毫没有停止的迹象，他们听见天花板上的吊灯在微微地震动。德群说，快走，快走，我怎么觉得像是要地震呢。阪神地震的时候我在日本，就是这个动静！

他们在钟声疯狂的伴奏下匆匆离开了公司，火车站货运部的不速之客却来了，三个人，满头大汗，其中一个人的腋窝里散发出明显的狐臭。他们好像没有耳朵，听不见外面疯狂的钟声，也不顾拉特公司的两个人态度是多么恶劣，一副公事公办的样子，其中一个人从购物袋里拿出一条死蛇来，举着死蛇说，你们认识这条蛇吗？

你们公司改过名字了？

你们就是爱特公司吧？

你们公司在做贩蛇的生意吗？

六　群蛇的疏散

群蛇是突然出现在火车站地区的。众所周知，全面整治后的火车站地区是环境卫生的红旗单位，干净清洁，一年四季连老鼠的踪迹都很罕见，没想到突然来了那么多的蛇。

那么多的蛇趁着梅雨季节气候紊乱人们放松了警惕，沿着水塘、绿地和墙角，在某几条饱经风霜的老蛇的领导下，向四处疏散，疏散是成功的，后来在货车车厢里只发现了几条老弱病残的蛇，其他所有的蛇已经不知踪影。

我在很偶然的情况下看见过几条蛇，那时候大家已经一窝蜂地称其为基因蛇了。我见到的那几条基因蛇看上去正当壮年，蛇身粗壮，大腹便便，明显比较贪图享受。它们把火车站前一条始终无法竣工的管道工程当做休闲别墅，一会儿在烂泥地里匍匐着，让人想起新近在富人群体中流行开来的泥疗，据说对身体很有好处。

更多的时候它们游上来晒太阳，同样让我想起我自己和我的一些亲戚朋友，他们每年夏天到海滨去一次，就是为了像这些蛇一样，躺在沙滩上晒晒太阳。

我本来手里是拿着一根木棍的，但就是这样那样的联想使我最后起了恻隐之心，下不了手了。我怀疑那几条蛇的身份不同凡响，否则为什么在别的蛇忙于逃亡之际它们能如此悠闲地晒日光浴呢，弄不好旁边是有蛇的卫队的，你去打这样的蛇，弄不好就让躲在暗处的警卫蛇咬一口，让基因蛇咬一口，谁知道会咬出什么事情来。

从火车站出发的蛇大约有上千条，它们在集体离开了危险区域以后不可避免地出现了分裂，雨季中的火车站广场在蛇群的眼中显得光怪陆离，没有森林，没有灌木丛，也没有河沟，一切都是那么的光滑鲜亮，地面过于平坦，所有的洞穴虽然散发出它们熟悉的气味，可洞口都被精心而严密地封堵住了。

就像人类经常面临一个严峻的抉择，蛇群也必须抉择了：你往何处去？

人各有志，蛇何尝不是，于是在大雨再次降临火车站前，群蛇开始分道扬镳了。

它们以家庭血缘为单位，组成了一支支小队，而个别处于热恋中的年轻的蛇则不顾一切地投入到爱人的怀抱中，去天堂或者去地狱已经置之度外。

后来证明向东游的蛇选择的是一条不幸的路线，它们向世纪钟的方向而去，或许是以为那个庞然大物可以做它们的避难所吧。

大家知道新建的火车站广场，除了世纪钟，除了几尊雕塑和一片草坪之外，几乎是一览无余，这选择的荒诞程度不次于小偷到公安局入室行窃。

如果你在六月九号这一天来到车站广场，说不定能撞见人们打蛇的壮观场面。

来自天南海北的人都在打蛇。

主要是男性，他们使用了你能想象的所有工具，打蛇，打蛇，打蛇，用棍子打蛇，用雨伞打蛇，用可口可乐的瓶子打蛇，用高跟鞋尖厉的鞋跟打蛇。

打。打。其中有带着孩子的年轻父亲，为了培养孩子的勇气和胆量，让孩子在奄奄一息的蛇身上打了最后一棍。

好样的，勇敢！我听见一个文质彬彬的戴眼镜的年轻父亲这样表扬他的儿子，那个小男孩在众人的鼓励下成了一个骁勇无敌的打蛇专家，他不惜力气，在世纪钟附近跑来跑去，累得满头大汗。令人惊讶的是这个小男孩在打蛇方面的天赋，我们大家都注意到，他打蛇都准确地打到了蛇的七寸。

令人百思不得其解的是一对情侣蛇选择的出逃路线，它们游进了火车站的候车室。

当我在候车室的垃圾桶里看见它们时，两条蛇已经被人剁成几段，看上去像一次豪华宴会上吃剩下的清蒸鳗鱼。

两条蛇到候车室来干什么？

难道它们想混入民工的队伍去广东打工吗？

蛇打什么工，就算你们到了广东还不是让广东人开肠破肚，喝你的血挖你的胆，还要拿你煲汤，一口一口喝了你，吃了你，你的蛇皮也剥下来派上用处，做个时装包，让太太小姐

六　群蛇的疏散　　43

背在肩上!

那么,两条蛇是不是厌倦了阴暗潮湿的地下生活,想混进头戴黄帽子的旅行团去三亚来一次阳光之旅呢,这就更荒唐了,还有那么多的城市居民没有达到小康生活标准,只能在电视上看一眼三亚黄金般的海滩,万事以人为本,人还没有享受,轮不到你们蛇来享受。拜托,请你们离开候车室,不走别怪我们不客气了,打死你,打死你,看你去哪儿告我们?

候车室里人很多,但是气氛平静。

只有几个孩子围着垃圾箱观看死蛇的残骸。

你如果敏感能一眼看出那两条蛇是一对情侣,它们在爱情被迫中断以后仍然缠绵在一起,这情景也许会使那些浪漫单纯的年轻人感叹唏嘘,可是对于另外一些情感世界存在缺陷的人来说,两条相爱的蛇是可笑的,他们的脑子里充满了类比和联想,对着情侣蛇的残骸,暗自咒骂:让你们去爱,爱过了就死。爱有什么屁用!

话说回来,大多数蛇是有头脑的。

它们聪明地向人迹罕至的地方而去。

有一个家族的蛇冒险翻越了交通繁忙的铁路线,顺着路坡上的灌木丛向一片池塘游去,尽管池塘里的水是乌黑发臭的,但是大家知道蛇对于居住环境的整洁和污染指数从来就没有什么要求,这个家族的蛇群凭着运气、智慧和勇气在九死一生的情况下找到了新生之路,你知道再黑再臭的池塘也可以是蛇的家园,如果要评选幸运之星的话,它们无疑会全票当选。

还有更多的蛇，尽管没有胆量穿越铁路，但也避开了人类足迹密集的地区，它们小心翼翼地绕过光滑平坦的极具诱惑力的车站广场，沿着墙脚、草地和积水向我们意想不到的地方逃亡。

可见在灾难的风暴下蛇与人有相似之处，站队，选择，选择，站队，是走阳关道还是走独木桥，全看你在关键时刻的关键选择。

为了分析所有蛇逃亡的前景和利弊得失，我有必要把火车站附近的地形和市政规划纲要简单介绍一番。

七　关于旧地图上的火车站地区

我们想起过去的城北地区就想起满街的杨柳，我们想起满街的杨柳就想起这个地区柳絮般飞扬的生命，就像风吹柳絮一样，我们记忆中的一大片街区不知所终，我们熟悉的房屋、电线杆、水泥垃圾箱、简易公共厕所貌似坚固，你以为它们会永远地挺立在那里，可世纪工程狂风乍起，它们都化身为一片柔软的轻盈的柳絮，随风而去啦。

旧地图上的火车站三街十八巷如今已经是老皇历了，什么三街十八巷？

三街指顺风街肚肠街香椿树街，十八巷报出来舌头就有点累了，有的巷子没有名气，也没出过什么人物，比较容易让人怀念的倒是杀猪巷、胭脂里、大将军巷和白铁匠弄这些地方，原因说起来有点令人不快，过去十几年，那些地方都出过死刑犯，用城北一带习惯的说法，出了枪毙鬼！

用历史的眼光看火车站地区的三街十八巷，它是古老的，可谁敢说古老的就是好的？

三街十八巷就像一个老而无德的令人厌恶的长辈，终于在千禧年来临之前停止了哮喘和起痰的声音。

市政规划是一双巨人的手,左手是推土机,右手是起重机,它伸到这里来得天道也得民心,而且完全合法。这只巨手干净利落地拔掉了奄奄一息的三街十八巷的氧气管,似乎只听见噼啪一声,三街十八巷灰飞烟灭。

城市地图上最紊乱的区域消失了,而市政部门与居民皆大欢喜,前面已经出场的冷燕、德群、克渊这些原三街十八巷的居民,现在都已经迁入了位于城市更北端的世纪新城住宅小区。

关于这次大搬迁,居民表现普遍正常,房屋、路桥、水、电、气表现正常,不正常的是树,搬迁开始的那天顺风街上饱受世纪沧桑的杨柳树发疯了,在锣鼓鞭炮声中一街杨柳都笑弯了腰,每一棵杨柳都在与另一棵杨柳疯狂拥抱,这一天终于盼来啦,盼来啦。

天性柔弱的杨柳在这一天壮着胆子向那些熟悉的人影发起攻击,杨柳枝用力拍打了每一个居民的脸和脖子,你可以想象那是杨柳在打他们的耳光,滚,滚吧,别再在我的腰上拴铁丝,拴铁丝我也不计较了,你偏偏把孩子的尿布、女人的内裤、男人的臭袜子都挂在我的身上!

滚吧,别再砍我的树枝当叉衣竿,别再折我的枝条去抽你儿子的屁股!

滚吧,你们这对狗男女别再在深夜大打出手一个哭一个喊的,存心不让我们睡觉!

滚吧,你这个坏孩子,从来不肯好好上学,专门拿个小刀在我身上刻字,你要刻个好好学习天天向上我也忍着痛了,可你刻的是什么下流话呀,不是这人×那人,就是那人×这人,把杨柳树当什么了,当色情画报呀?

杨柳树那天的狂欢以满天飞絮作为尾声,柳絮落在沉浸在乔迁之喜的人身上,也落在装满卡车的家具电器上,可惜的是人们一下车就顺手把柳絮扫掉了,柳絮又大又轻,比灰垢易于清理,谁也不介意杨柳的愤怒,大喜之日的不和谐音就这样被居民们忽略不计了。

现在我们不无遗憾地看到,杨柳树那天的表现是悲剧性的,人有搬迁政策,它们杨柳树却没有,大家知道顺风街上的那些杨柳在漫天粉尘中快乐了没有几天,自己也不幸地被市政规划的大手抓到了,由于杨柳树作为行道树不符合新颁布的绿化指标,我们只能用电锯把你们杨柳统统锯光。

对不起,顺风街上的杨柳树。

杨柳是题外话,不再说它。

还是说刚刚涌入火车站地区的那些蛇的去向。说六月九日笼罩在火车站上空的诡秘而恐怖的气氛。

夜里在火车站东西两侧的三个行李寄存处都发现了蛇的踪迹。蛇所分泌的液体像银丝线一样装饰着寄存处堆满的箱包。各种帆布的、人造革的、牛津布的、羊皮牛皮的箱包面料上都留下了蛇群饥饿的星星点点的唾液。

这是一群不能克制食欲的蛇,旺盛的食欲使它们踏上了险途。

在三个行李存放处它们分别潜入了装有水果和腌制品的竹篓里,虽然难觅蛙类虫类此等美食,但来自南国的荔枝龙眼,来自北国的鸭梨,以及本地出产的一种速食咸鸡肫也让蛇群胃口大开,它们尽情地享用别人的东西,惟恐在食品争夺大战中吃了亏,所以有的蛇吃着吃着突然与另一条蛇厮打起来。

行李存放处的许多箱包莫名其妙地发出鞭打声,引起了女职员们的注意,她们挪开了第一只箱子就尖叫起来,一条褐色的长满黑色花纹的大蛇像一个人一样直起身子,吐出信子,向女职员们行了个见面礼。

蛇群带来的恐怖气氛也笼罩在火车站新落成的千人新公厕里,在六月九号黄昏以后的这段时间里,可供一千人同时如厕的国际水平的收费公厕几乎空空如也,女厕所尤其萧条,女士小姐们在得知里面有蛇的情况下,无一例外地匆匆离去,甚至来不及对这种反常的营业环境提出质疑或者抗议。

男的胆子大多了,有人面无惧色地操起一根棍子进去了,出来把棍子交给下一个,说,蛇是很多,可不咬人,抓紧时间,你不解大手一点事情也没有。

车站的广播在七点钟左右播出了出现蛇群的紧急通知,值得玩味的是女广播员念了一半,她的声音便被预报火车进站的声音替代了。

大约是顾忌蛇群的消息影响火车站的正常运营,蛇灾就这么被淡化处理了。

也正因为如此,后来在夜色和大雨中赶到火车站的部分旅客,竟然对六月九号的蛇灾浑然不知。

顺风街上的人就更不知情了,大家知道火车站的三街十八巷目前已经像阑尾一样被割除了,只保留了顺风街的三分之一,这三分之一就是现在远近闻名的洗头一条街。

由于洗头一条街与火车站保持着若即若离的距离,广播里的紧急通知传到这里变得遥远而模糊,顺风街上的所有洗头爱好者和洗头小姐都没有听到蛇群来临的警告。

大家都去顺风街洗过头的吧?

洗头的时候,谁会去看看地上有没有蛇?

洗头小姐是洗头工作者,她们关注顾客的头发和面部表情,这两者结合起来能反映出她们的工作效果,而洗头爱好者更是心无旁骛的,他们从头到脚沉浸在感官享受中,即使有一心二用的,也是与小姐们在聊天,谁会注意地上有没有特别的东西在爬行?

这么一说,大家不必奇怪了,为什么六月九日那天,独独火车站北面的顺风街会成为受灾最严重的地区?

一共有二十三人次被蛇袭击,据初步统计,被咬的人中间洗头小姐和洗头爱好者各占一半,如果按照被咬部位来统计的话,情况就复杂了,大多数人是脚踝小腿部受伤,也有的是在大腿部位,大腿内侧或者外侧,也有咬在臀部上的,左臀或者右臀,更蹊跷的部位我都有点不便透露了,竟然就有那么倒霉的洗头爱好者孔先生，天知道怎么洗的头，洗头时采取了什么新鲜的体位和姿势，那个——东西上，偏偏让蛇咬了一口！

现在比较起来，最让人纳闷的就是访问顺风街的这批蛇。

引起公愤的也是这一批蛇。它们像某些人一样，特别善于在陌生的地方发现隐秘的粉红色的灯光，即使是在一个大雨滂沱的夜晚，即使顺风街的入口被一幅巨大的电子广告牌遮挡着，它们还是凭着蛇类良好的嗅觉找到那儿去了。

让我们试着分析一下这些蛇的心态吧，一定是嫉妒心和大锅饭思想在作怪，反正洗头小姐是不愿意给我们蛇洗头的，我们洗不成你们也洗不成，大家都别洗，你洗，你洗？那别怪我不客气了，咬你一口，咬你一口。咬了你了，又怎么样？

那个倒霉的孔先生是车站旅社的长期住客，六月九日深夜他回到旅社，大堂里的人都看着他笑。

他开始还装糊涂，说你们笑什么，我脸上写字了？

有人说你脸上是没有字，哪儿写了字我们已经听说了。

孔先生也大度，没有再掩掩藏藏的，挥挥手说，没关系的，我打针了。

我们很关心那蛇的毒性，是不是毒蛇？

孔先生说，没有毒，防疫中心的人已经说了，那蛇没见过，但肯定没毒，是一种什么基因蛇？

什么基因蛇？

孔先生解释不清楚，我们也没有再问。

七　关于旧地图上的火车站地区　　51

原来大家还预测卖蛇药的这阵子要发财，现在看来也不一定了。

科技发展也有个过程，谁敢保证他的蛇药能对付基因蛇？保证了也是虚假广告，没人相信。

八　这个不在，那个也不在

金发女孩一直在房间里打免费市内电话。

修红听见她不知疲倦地询问着三个人的下落，一个姓刘，一个姓姚，还有一个名字很好记，杨光——女孩对着电话说得很清楚，不是那个阳光，哪儿有姓那个阳的呀？木易杨，杨光！

修红听见她焦急地更正着对方的误解，一边用什么东西笃笃地敲着桌子。

可怎么更正也没用，敲桌子也没用，名叫杨光的人不在，另两个人似乎也不在，女孩突然在房间里尖叫起来，咋回事呀，咋回事呀，这个不在，那个不在，都是骗子呀。

修红一直好奇地听着，她能判断出金发女孩寻找的三个人都是男性，但她不知道金发女孩为什么骂人家是骗子，是骂接电话的还是骂那三个男人？

修红后来去敲门，问她是不是要退房，要退在中午十二点以前退。

金发女孩一定是为昨天的事迁怒于修红，她居然将手里的一只梳子向修红扔过来，说，你撵我？昨天的事还没找你算账呢，几点退房是我的自由，关你什么屁事？

修红也火了，却能克制地讲道理，说，我是为你好，看你什么都不懂，来告诉你，十二点以后退房多收一天的房费！

金发女孩这下知道她是误会修红了，可嘴上不肯认账，这是什么规矩？她眨巴着眼睛，说，我如果十二点零一分去退房，也要多交一天的钱？喊，不是敲竹杠吗？

修红说，我们是国营旅社呀，什么敲竹杠，国际上都是这么做的，这是国际通行惯例！

修红尽管脾气好，脾气好也是有限度的，她愤愤地离开房间，向桌上桌下床上床下都扫了一眼，没有看见什么，只是发现到处都很零乱，桌上有一只方便面的纸碗，几个发黄了的梨核，一本封面是赵薇的不知什么杂志，女孩昨天穿的时髦的夏装好像洗过了，整齐地搭在椅背上，还在滴水，而里面的乳罩则随意地挂在钢窗的挂钩上，也在滴水。一切都符合主人粗放的性格，唯一让修红感到意外的是金发女孩床上的一件东西，一只金发的美丽的芭比娃娃正睡在枕头上，睡得那么好，它的主人还细心地为它搭上了毯子。

金发女孩后来不再打电话了。外面的市声仍然嘈杂而模糊，广场上有人在修理世纪钟，世纪钟突然咣的一响，然后就安静了，你以为钟已经修好了，它突然又咣的一响，吓你一跳。

好在修红已经习惯了世纪钟反常的钟声，她可以根据窗子外面火车的动静来判断时间的流逝。

火车汽笛响了，铁轨开始震动，旅社的走廊也开始微微颤索，去往北京的特快列车蓝白相间的车厢从窗子里慢慢地经过，修红知道是正午十二点了，她知道金发女孩不会退房了。

修红刚刚想去旅社的小餐厅打饭，看见金发女孩走出了房间，金色的脑袋先探出来，向走廊上张望了一下，然后人也出来了，弯着腰在房间门口卷她的透明丝袜，一件更加暴露更加时髦的黑色无袖背心紧紧扣着女孩子丰满的上身，修红拿着饭盒在工作台后面看女孩的身体，脑子里突然想起几个不正经的房客说的话，波霸，波霸，想到这个不土不洋的词和它的词意，修红忍不住要笑。

她看着金发女孩向走廊那端走，走到彩票办公室门口，她忽然放轻步子，像一个侦察兵一样扶着门向里面小心地窥望，这是干什么？

修红这回笑出声来了，她看见金发女孩猛地回头看了看她，即使光线不好，修红仍然能注意到女孩的眼神是谴责性的。这下修红明白了，昨天当众出丑的事情在女孩心里留下了创伤，她一定是害羞了，羞于让昨天的目击者看见她。

修红是富于同情心的那种人，她不计前嫌，一个劲地向女孩摇手，摇头，意思是你大胆向前走，没有关系的，人家虽然开着门，可不是故意要看你的。你光明正大地走过去，怕什么？

金发女孩不知是领会错了修红的用意，还是出于她特有的

八　这个不在，那个也不在　　55

恐惧，在彩票办公室的门口扭捏了半天，最后仍然没有走过去，却向修红走过来了。

修红注意到金发女孩眼睛里含着的泪水。她能够体谅金发女孩的心情，嘴里却不免问一声，你怎么了？

金发女孩抬起胳膊肘擦了一下眼泪，这让修红联想起自己四岁的女儿，她在幼儿园被人欺负过后也是这么擦眼泪的，修红的一只手忍不住地在金发女孩的肩膀上摸了一下，本意是抚慰，结果又冒出一句不相干的话，让金发女孩又生气。

这背心是棉的呀？我以为是丝的呢。

金发女孩甩掉修红的手说，什么棉的丝的？我没穿，没穿，什么都没穿，你们就睁大眼睛都来看吧！

修红也后悔自己说话不动脑子，容易引起别人的误会，她内疚地看着金发女孩，昨天的事情过去了，你不用放在心上的，修红说，男人眼睛都不老实，你有什么办法？你总不能为这事情不出门吧，唉，都怪那房门不好，早点能打开就好了。

金发女孩从小包里掏出一片纸巾，擤了下鼻子，看得出来她现在感觉到了修红的善意，她的眼神里的愤恨被一种难以形容的哀伤替代了，不怪门，也不怪你，金发女孩说。

怪那蛇！修红提醒金发女孩说，该死的蛇，怎么跑到我们旅社来了，把我也吓得不轻。

金发女孩却摇着头，木然地看着窗外的铁路，说，也不怪蛇，怪他不好。

这个他是谁？他不好是指谁不好，是那个叫杨光的人不好，还是那个姓姚的人不好，或者是另一个姓刘的不好？

修红很想追问，不好意思张口，便企盼地凝望着金发女孩，金发女孩却突然沉默了，她抬起一条修长的光裸的腿，把小包放在腿上，一只手伸进去掏着什么。

修红看着她，问，你还出去吗？你不准备出去了？

金发女孩脸上露出一种凄然的微笑，大姐，她突然称呼修红为大姐了，大姐我告诉你实话，我出去也不知道往哪儿去，我要找的三个人都不在家，人生地不熟的，也不敢乱走。

修红随口附和道，是呀，人生地不熟的，你别乱走。她的耳边却清晰地响起了金发女孩打电话以后的声音，骗子，骗子，是呀，你大概遇到骗子了。修红暗暗地在心里嘀咕，遇到骗子啦，小姐！

然后金发女孩向修红亮出了一张名片，名片很明显被金发女孩多次地使用过，皱巴巴的，但上面印刷的花体字还是能够看清楚的，修红看见名片的台头是环球广告股份有限公司，姓名是杨光，职务是经理，括号里面还标明了学历背景：留美博士。

你知道这家环球广告公司吗？金发女孩问。

修红摇头，修红想也不想一下便摇头了，她在心里说，还环球呢，还经理呢，还留美博士呢，肯定是骗子。

他们说好让我做广告模特的，金发女孩说，我出门之前还联系过的，就是这个电话，到了这儿什么都不对劲了。他们说我打错了。你听说过这家广告公司吗？

八 这个不在，那个也不在

没有。修红还是坚决地摇着头，她毫不掩饰地用同情的目光看着金发女孩，那目光在补充她的回答，小姐，你上当了，你受骗了。还广告模特呢。你虽然长相不错，可也没有美到那个份上，不是骗子谁选你做广告模特？小姐小姐，你以为拿着机遇和名利呀，你拿着的不过是张骗子的名片。

姚先生出差去了。金发小姐收起了名片，似乎是自言自语，似乎是在暗示修红，她也不是要在那个骗子身上一棵树吊死的，她说，姚先生拍了好多电视剧，他也让我来的。他不会是骗子，我只能等他回来再说了。

火车站广场上的世纪钟此时敲了十二下，他们终于把世纪钟修好了，尽管晚了十五分钟。

修红和金发女孩都侧耳倾听着那响亮而沉重的钟声。

一列货车从车站旅社的窗外飞驰而过，修红站在突如其来的黑暗里，看见金发女孩年轻的化了淡妆的脸，忽然黑了，忽然明亮了，光影在那张脸上狂乱地跳跃，好像一串断线的水晶珠链。

九　金发女孩终于出去了

金发女孩下午两点钟左右终于出去了。

她戴着一顶男孩的棒球帽，长长的帽舌遮挡着她的脸，这样的装束用意明显，不让大家注意她，但车站旅社大堂里的那些人我们都是认识的，像你金发小姐这样的女孩，就是有本事变成一只蜜蜂，变成电影里的蝙蝠侠，也休想从他们的目光里飞走。

这些兜售一日游的、卖胶卷的、卖地图的以及不知道卖什么的人，很少能卖掉些什么，他们就盯着你看。

他们当然要盯着金发女孩看，看见她像做了贼一样从旅社的旋转门里慌张地转出去，有个家伙先莫名其妙地笑起来，说，她出去了。

卖地图的人就抖着手里的城市地图说，这小姐蠢，让她买一张地图，偏不买，不买地图怎么知道哪儿人多，哪儿能拉到生意？

另一个人会意地咯咯笑起来，说，人家小姐比你聪明一百倍，哪儿要什么地图，人家的眼睛鼻子就是地图，我们打赌怎么样,那小姐肯定是往东边走,肯定是往顺风街去了!

要打赌的人追出去,却被旋转门挤住了,有个人在外面愤怒地推门,力气很大,把应该顺时针转的门推出个逆时针,走进来了。

是美男子梁坚来了,有人认识梁坚,转过脸看服务台,看见冷燕面无表情地站在那里,冷燕用无声的语言否定着一个众人皆知的事实:别看我,桥归桥,路归路,我不承认他是我的丈夫。

可大家知道美男子梁坚现在仍然是冷燕的丈夫。

他向服务台那儿走过去,把公文包放在柜台上,可冷燕把公文包向他面前推了一下,冷燕压低声音,说,别让我看见你,看见你我就犯恶心。

一个女人如果看见自己的美男子丈夫就犯恶心,只有两种可能,一种是撒娇装相,另一种情况就是这美男子徒有其表,不知做下了什么十恶不赦的事情。

我们在火车站一带混过的人都听说过梁坚赌博赌得很大,梁坚嫖小姐也嫖得很欢,梁坚开店开一家倒闭一家,欠了一屁股债,还要赌,还要嫖,还要到顺风街去开什么发廊。可见冷燕的恶心绝非戏言,是某种道义和情感上的恶心。

冷燕低下头,在一张营业表格上填写着什么,可她手里的笔被梁坚一把抢去了,梁坚说,借点钱给我,救个急。

冷燕去抢那支圆珠笔,没能抢回来,滚,给我滚,她这么骂了一声摸出另外一支笔,继续填她的表格。

梁坚本来要夺第二支笔的，发现旅社里的人都在看他，他的手就在空中漫无目的地挥了一下，收回来整理着他的头发，梁坚的头发乌黑发亮，烫过的，有一撮一直拖到肩膀上，从后面看很像在体育馆演出的摇滚歌手。

借三万给我，下个星期就还你。梁坚说着向彩票办公室的一个熟人挥挥手，老钱，哪天请你喝酒！

冷燕抬起头看看梁坚，看看那个老钱，她似乎懒得去讥讽梁坚，只是一味地重复道，滚，看见你我犯恶心。

梁坚说，借三万，明天就还你好了。

冷燕说，滚，滚，看见你我隔夜饭都吐出来了。梁坚说，你到底借不借？

冷燕突然尖叫起来，不借，不借，我们协议书都签了字了，我跟你划清界线了！你找你二奶借钱去，找三奶借钱去，找顺风街上的小姐借钱去，我一分钱也不会给你，我就是把钱扔给讨饭花子，也不会扔一分钱给你！

这下旅社里的人们就光明正大地凑过去听他们吵架了，有人说，夫妻的事情回家好说嘛，何必在这里闹呢？

冷燕是气坏了，指着冲洗照片的秃子小江，谁说我们是夫妻，啊？冷燕乱点鸳鸯谱，竟然对秃子小江说，你觉得他好，你去跟他做夫妻好了！

众人一下子哄堂大笑起来，看梁坚也笑了，只不过他笑得有点暧昧。他们发现梁坚在用那支圆珠笔在柜台的台面上写字，就凑上去看，一行硕大的类似宣传口号的字已经赫然出现

九　金发女孩终于出去了　61

在众人的眼睛里。

冷燕是个烂婊子

梁坚把笔一扔,向冷燕挤了挤眼睛,然后他拿起公文包向门外走去。

冷燕朝他砸过去一个计算器,可梁坚的后背上好像长了眼睛似的,身子往旁边轻盈地一跳,就闪过去了。冷燕又操起一个台历本砸他,结果却差点砸到了看热闹的人身上。

梁坚站在旋转门那里,一手推着门,向冷燕张望着,他英俊的脸上浮现出一丝难以捉摸的微笑,烂婊子,他说,烂婊子,别人不肯借,你也不肯借。

旅社的大堂里突然一片寂静,有人看见美男子梁坚的面颊上滚落下一颗晶莹的泪珠,清清楚楚的,是一颗泪珠,大家都看见的,日后谁都可以拿这件事情臭他,臭得他出不了门,大家都可以作证的事,梁坚他恐怕是无法抵赖的。

十　顺风街的洗头房靠在一起打盹

大约是早晨七点钟的样子，火车站广场上的公交车开始频繁地出出进进，人们都向南边市区的方向匆忙地赶路，只有克渊一个人拐到了顺风街上。

夜里下过雨，正在铺设行道砖的顺风街看上去泥泞而杂乱。霓虹灯已经闭上了彩色的眼睛，歇下来了。它们继续工作也是浪费电力，天已经亮了，洗头爱好者们可以凭借阳光的指引回到家里去。街道两侧的四十七间洗头房现在倒一齐黑下来了，黑下来了就不竞争了，大家头挨着头靠在一起打盹，好像是一群饭后小憩的工友。

克渊绕过积水和障碍物在街上走，克渊闭着眼睛倒退着或者翻着跟斗也能在这条街上走，尽管这是被改造过的顺风街，怎么改造也没用，克渊走到顺风街口，就要向第一根路灯杆踹上一脚，他从小就是这样做的，现在他仍然这么做，看见第一根路灯杆已换成黑色铸铁的杆子，灯泡也被一只弧形的灯罩精心地保护着，克渊打量了一下新的路灯，看得出他是在做思想斗争，他早已不是顺风街上的那个克渊了，踹还是不踹？可他的脚不管他的头脑，脚按捺不住地抬起来，终于还是向路灯杆踹了一脚。

街上没有什么人，只有一个穿皮裙的小姐在遛狗。小姐坐在一家洗头房的台阶上，一条雪白的腿架在另外一条雪白的腿上。

克渊走过小姐身边的时候突然想起来他家从前住的腌腊店，应该在这位置。他妈的，这个小姐其实是坐在他的家门口嘛。

克渊就回头向小姐笑了笑，他说，坐在这儿舒服不舒服？那个小姐不解其意，什么？你说什么？

克渊说，你是哪个国家来的小姐，听不懂中国话呀？

小姐说，神经病。

克渊走到小鬈毛狗那里，摸了摸狗身上的毛，说，这条狗多少钱买的？小姐没理他。

克渊打量着狗，猛地对狗汪地大叫一声，鬈毛狗胆子小，让克渊吓得跳了起来。

那个小姐也气得站起来，牵着小狗就走，一边走一边说，神经病，神经病。

克渊有点没趣，跟着小姐走了两步，你是新来的？从哪儿来的？他在后面说，你一定是新来的，顺风街上的小姐我个个认识，我怎么不认识你呢？

克渊径直到欢喜堡去堵梁坚。欢喜堡现在也是黑乎乎的，转椅沙发镜子都在，人却不在了。

从大玻璃窗外面望进去，可以看见墙上贴着醒目的服务公约：本店绝不从事异性按摩，敬请顾客监督。

一道屏风挡住了克渊的视线，克渊没有看见梁坚，看不见没什么。

洗头房的门反锁着，反锁着也不怕。克渊熟悉顺风街的所有出口入口，他进了隔壁的弄堂，经过性病防治中心的药品仓库，站在欢喜堡的后窗下面敲窗子。

敲了一会儿，窗子打开了，欢喜堡的三号小姐掀着窗帘打量克渊，她说，现在不洗头，下午三点以后来。

克渊说，三号，你不认识我？他妈的，你不认识我了？

三号小姐头上戴着一只塑料帽子，大概是怕睡觉时把刚做好的头发压坏了，她拿下帽子在手里转着，说，认识你也得三点以后洗呀，我们是人，又不是机器，也要睡觉的嘛。

克渊一听就恼火了，他说，好呀，三号，你不认识我，你就认识钱是吧？

三号小姐发现来者不善，急忙要关窗子，窗子却关不上了，克渊用肩膀扛着窗子，他说，×你叔叔的，给你小费你认识我，现在你不认识我了！

三号小姐惊恐的声音把梁坚引来了。梁坚苍白的脸在窗前一闪，很快就躲到黑暗里去。

什么东西在窗户里面啪哒响了一下，克渊听见梁坚低低的有点慌张的声音，我的皮鞋呢，皮鞋呢？克渊知道梁坚要跑，情急之下人就跃上窗台，跳了进去，克渊一把揪住梁坚，说，

十 顺风街的洗头房靠在一起打盹　65

跑,往哪儿跑?

室内有人打开了灯。

三号小姐尖叫了一声,打电话,报警!只是这么叫了一声,她就在一张按摩床上坐下了,或许是见过了世面,遇到什么怪事都以不变应万变,三号小姐坐在那里翻看着自己的手指甲,忽然无端地冷笑一声,说,你们闹去,不关我什么事情!

灯光下美男子梁坚的脸隐隐地泛出一种青色的光,他的额头上嘴角上留下了三号小姐红色的唇痕,这唇痕使梁坚看上去很可笑,同时也使他更加令人憎恨。克渊一把将他推到墙角那里,他说,你他妈是人物,欠了一屁股债,还在这里玩小姐,跑呀,你跑呀,你往哪儿跑?

谁要跑?梁坚推开了克渊,他说,谁要跑谁是孙子。我知道你会来,我在等你呢。

梁坚半裸着身子,左臂上的文身和小腹上的一条刀疤在灯光下清晰可见。

克渊斜睨着梁坚,说,裤头穿反啦。

梁坚提起裤头看了看,脱下来重穿,穿了一半停在那儿,问三号小姐道,我放在床上的手机呢?

三号小姐脸对着墙,拿了个简易吹风准备吹头发,手机呢?梁坚重复了一句,三号小姐没说话,克渊在一边替她回答,卖了抵债了吧?

没想到让克渊说着了,梁坚摸着脑袋说,我忘了,算了算了。

两个人一前一后从欢喜堡的后窗里跳出来，克渊的一只手揽着梁坚，梁坚说，恶心不恶心，谁要你揽着我？

克渊松开了手，说，好，你自己说的，你要跑你就是孙子。你要跑别怪我不客气。

他们穿过性病防治中心的一排长窗，防治中心里的一盏日光灯没有关，昏黄的灯光照耀着角落里一张狭小的诊疗床，一只高脚凳子，梁坚向里面瞥了一眼，忽然嘿地一笑，说，我前两天看见三子他爸爸在里面，老家伙还戴个墨镜，以为别人认不出来，我一眼就认出他来了，×他姐姐的，他不是怕遇见熟人吗，我偏偏在外面跟他打招呼，克渊推了他一把，说，少给我打岔，你别管别人的闲事，管你自己的事，你准备怎么办？

梁坚看了一眼克渊，一只手猛不丁伸出来在克渊裤腰上摸了一下，没有摸到什么，他的脸上露出了释然的微笑，怎么办？他嬉皮笑脸地说，准备让你捅一刀，你交差我也交差。

捅一刀？我的名字叫捅一刀？克渊说，好呀，我也算没白活，看见我出马，你们就想到了捅一刀，我宋克渊混到这步，也不冤枉。

反正我没钱。梁坚说，下个月就有钱了，四眼他偏不信，不信我也没办法了，捅一刀就捅一刀，捅一刀就把事情了掉了。

没有这么便宜的事。克渊冷笑道，你以为是我们小时候的年代呢，捅一刀你就不还钱了，就万事大吉了？现在就认钱，捅一刀能顶三万块钱，那你捅我好了，捅了给我三万块，我躲一躲就不是人养的。

那你捅两刀嘛。捅两刀还嫌便宜就三刀好了,一刀一万,差不多了。

放屁。克渊踢了梁坚一脚,他说,别说两刀三刀,捅你这个×养的,一刀就让你翘辫子了。

翘辫子就翘辫子,梁坚躲开克渊的腿,转过脸来看着克渊,他说,翘了辫子就不欠债了。你们总不能追到火葬场去讨债。

你当真?克渊瞪大眼睛,狐疑地观察着梁坚的表情,你少给我来这一套,他说,是我给你上课还是你给我上课?我是教授你是教授?你又不是妇女,拿这一套来吓唬人。

我吓唬你不是人养的。梁坚说,我今天如果不成全你就不是人养的,你捅我我配合你,找个人少的地方,别让人看见,一刀,两刀,哪怕是三十刀,也由你捅,我要是喊一声救命就不姓梁,姓孬。

住嘴。克渊仍然警惕地看着梁坚,他说,几天不在一起混,你成才了嘛。你把我当傻瓜骗,你梁坚的命就值三万块钱?欠三万你就准备上西天了,不吃了,不喝了?不嫖了?不赌了?

吃喝嫖赌我是都喜欢,可没钱玩不起来嘛。梁坚狡黠地冲着克渊笑了笑,要不你借我一点钱,让我再玩个几天,玩透了再上西天去?

克渊的神情有点变了,梁坚凄惶的眼神和极其反常的微笑让他心里犯了嘀咕：这课不好上，他好像不是说着玩的，他好像是准备让我捅三刀的。克渊突然没了主张，他从来没有遇到过这样的困境，一个人做好了一切准备，而且准备让你捅三刀，你怎么给他上课？克渊突然想到了什么，眼睛一亮，一个关键的问题便脱口而出，你别把我当傻瓜，他说，梁坚你告诉我实话，你在外面到底欠了多少债？

梁坚没有回答这个关键的问题，他的目光在早晨的街道上游移不定，他的身体一会儿倒向旁边洗头房的玻璃，一会儿直挺挺地站着，突然克渊看见他俯下身子在地上拣起一截粉笔头，他向克渊笑了笑，说，看着，我欠了多少债。梁坚仰起半边脸，用粉笔在上面写了个阿拉伯数字：37。

克渊一看就明白了，他几乎惊叫起来，你欠了37万？

梁坚点点头，他说，怎么样，37万，够买我一条命了吧？

克渊说，其他钱都是欠谁的？梁坚说，我的小本子不在身上，让我说也说不全，大头我记得，开台球房欠大老杨七万，开餐厅欠骆驼十一万，做羊毛生意欠一个外地人九万，别的小数目我也记不清了。

克渊一下子愣在那里，过了一会儿他醒过神来，说，×，大老杨他们没找到德群，德群如果知道这笔大业务，没准自己出马了。

梁坚讥讽地一笑，说，谁出马也没用了，你们不给我机会，我也不给你们机会，不就是要捅人嘛，我让你们捅。

太阳照在泥泞的顺风街上，梅雨季节的早晨很少有这么闷热的。

走到街口的时候克渊发现自己浑身都湿透了,他脱下上衣,光着膀子走,看见自己手腕上的那个文身,多少年以后仍然和梁坚手上的青蛇保持着相似的姿态,他的文身有点褪色了,而梁坚的仍然很蓝。他们当年是一起去城南找人刺的文身。

克渊现在尾随着梁坚,忽然对前面的这个美男子产生了一丝怜悯,他上去搭他的肩,对不住你了,我也没办法,只好跟着你,我们拉特公司现在没有别的业务,就做这种业务,克渊拍了一下梁坚,说,×,你是美男子有个屁用,你把冷燕混到手有什么屁用?落到这一步,我只好委屈你了,你进厕所拉屎也得让我看着。我们拉特公司给人上课就这样上。

梁坚低着头向前走,他说,你不用费那个力气,我带你去贮木场,那里没有人,你到那儿去捅我,捅成什么样就什么样,捅了拉倒,我死了伤了都不想看见你们这些东西。

克渊说,你是在装傻呢,我为什么捅你,捅你是让你拿钱出来,拿不出钱来,我捅你也完不成业务,不是傻×吗?

这是六月十号的早晨,两个男人从顺风街那里出来,拐到了车站广场上,有人看见其中一个相貌英俊的男子脸上写了一个阿拉伯数字:37。都不知道那是什么意思,有几个结伴到本城旅游的女孩子一直在偷偷打量梁坚的脸,其中一个女孩子对她的同伴说,那人有意思,一定是个行为艺术家吧。

十一　怕你们我就不是冷燕

六月十号上午，车站旅社的人看见克渊急匆匆地闯进来，好像来杀人似的。柜台上的人是新来的，不认识克渊，看见这么个人闯进来，下意识地拿起电话，随时准备报警。

克渊一说话人家才知道他不是歹徒，他是来找冷燕的。

快把冷燕叫出来，我有急事。他对旅游学校来实习的两个女孩瞪着眼睛，说，你们不认识我？你们从哪儿冒出来的？冷燕呢，快把她叫来！

冷燕已经来了，可还没有交接班，两个女孩不知道她在哪里。

一个女孩指着楼上说，会不会在三楼洗澡，你自己上去看看。

克渊说，你有没有脑子，女浴室我能进去吗？快去，叫她下来，家里都快死人了，洗什么澡？

正嚷嚷着，在车站旅社包租柜台冲洗胶卷的秃子来了，秃子当然认识克渊，他告诉克渊去彩票发行办公室，他说冷燕一定在那里，秃子说着向克渊暧昧地挤了挤眼睛，克渊不是傻瓜，知道秃子什么意思，他向玻璃窗外瞥了一眼，看见梁坚像他们所约定的那样，坐在外面的水果摊子前吃西瓜。

克渊随口问了一声，彩票怎么说了，到底是摸现金还是摸汽车，他们决定了吗？

秃子的声音一下子亢奋起来，摸汽车，十八辆桑塔纳，谁摸到谁把车开走！

克渊走到彩票发行办公室门口敲门，敲了一会儿那个戴金丝眼镜的小陈把门开了一条缝，他说，是你呀，你来干什么？

来捉奸！克渊把门一顶，人就挤进去了。

办公室里的窗帘拉开了一半，克渊看见冷燕站在窗边，一只手压着红色制服裙的褶皱，冷燕说，克渊，你嘴里放干净一点，以后再胡说小心烂了舌头！

克渊举着手，打量着办公室里贴满四壁的招贴和通知，他说，不是捉奸，开个玩笑，你又没有嫁给我，我捉什么奸？

冷燕说，对，我又没有嫁给你，你老是来缠我干什么？

克渊说，怎么是缠？你说话怎么一点文明礼貌都不讲，好了，就算我缠你，这次不是缠了，冷燕你听着，这次是人命关天的事情，你一定要跟我好好谈谈。

冷燕或许是估计到了克渊的来意，她突然嗤的一声冷笑，我没这个闲工夫，我要接班去了。

冷燕径直向门外走，她说，克渊我知道你们拉特公司在干什么勾当，谁欠债找谁要去，别来算计我，算计到我头上别怪我不客气，你们这种狗屁公司挂羊头卖狗肉，一个举报电话，就让你们公司打烊。

克渊嘻地一笑,没有为拉特公司作多余的辩解,他尾随着冷燕,他说,你别走这么快,走这么快我们怎么谈,人命关天的事情,你怎么这个态度?

冷燕说,我就是这个态度,我告诉你,我跟梁坚不是夫妻了,离不离都不是夫妻,我的钱都是血汗钱,我不会替他还一分钱的债。

克渊说,现在不是钱的事,是一条人命,你先挪三万块出来,让梁坚先把四眼打发了,打发了就跑嘛,也不至于只有一条死路,我的业务也完成了,冷燕你好好给我想一想,只要三万块,梁坚说你手上有七八万的积蓄呢!

冷燕说,早想过了,不用再想了,你们杀他剐他,随你们的便,我反正是一分钱也不给。

克渊这时冲出去一步,他沉下脸对冷燕戳着一根手指,冷燕我劝你说话也要负点责任,什么杀呀剐呀,你这么污蔑我我不计较,你这么污蔑拉特公司的名誉,德群他会找你算账的。

冷燕站在那儿,脸色煞白,看着克渊的那根被烟熏黄的手指,过了一会儿,她的眼泪涌了出来,算账就算账,冷燕掏出一块纸巾抹着眼睛,她说,我也是火车站一带长大的,我知道你们那一套,怕你们这种人?怕你们我就不是冷燕了。

他们一前一后回到了旅社的大堂,大堂里人多了起来,还有几个像是刚下火车的人在柜台前开房,其中一个男人是回头客,认识冷燕,他向冷燕露出了一张热情洋溢的色迷迷的笑

十一　怕你们我就不是冷燕　　73

脸,克渊在后面看见冷燕整了整红色制服裙,仪态万千地上前和那个旅客握了握手,冷燕说,早上好。

这本来也是冷燕的职业用语,克渊不知为什么听着那么刺耳,他站在楼梯的最后一级,看着那个男人说,早上好,好你妈个×。

车站旅社的人看着那个无端骂脏话的人离开了大堂。

两个旅游学校的实习生问冷燕,那个人是谁?好可怕呀。

冷燕迟疑了一下,有点为难地说,我也不知道怎么说他,反正是火车站一带的混混,宋克渊,从小到大没做过正经事,你们记住,以后他来缠你们,不要理他,你们把他当空气好了。

两个女孩子都笑了起来,冷燕也笑,她半转过身很隐秘地擦去眼角上最后的一点泪痕,说,那个人其实很滑稽,他自以为是个人物,可别人都把他当空气的。

十二　他的降落伞放哪儿了

六月十号上午克渊给德群打过一次电话，说把梁坚揪住了。德群正要打听详情，手机信号却断了，德群听见电话的背景声音很嘈杂，他连克渊人在哪里都没有问清楚，就与克渊失去了联系。

克渊的手机是德群用旧以后送给他的，德群换了外壳，没告诉克渊，他知道那手机耗电太快，不能怪克渊。

六月十号上午德群一直在美丽城写字楼里坐着，他不知道克渊和梁坚其实一直坐在车站广场上，后来的事情是在离美丽城不足一百米的距离内发生的。

他们后来一直坐在车站广场上。

六月十号上午九点到十一点钟左右，梁坚和克渊一直坐在广场紧靠着世纪钟的地方。钟座旁有一个小小的售货亭，还有几张长椅，克渊和梁坚就坐在其中的一张长椅上。

他们是在售货亭买的啤酒，买来了就坐在长椅上喝，我们现在都已经清楚了梁坚目前的经济状况，所以不用说，啤酒是克渊掏钱买的，分三次买了十四罐，易拉罐包装的啤酒，克渊花了不少钱。

克渊不在乎,他对梁坚说了,我请客,你随便喝,你有本事把亭子里的啤酒喝光了,我再去对面的超市买。

美男子梁坚的脸上仍然写着37。

克渊提醒过他,让他把粉笔字擦了,梁坚不肯擦,他说,不擦,这是我的遗书。梁坚反常得像周星驰,他把那半边脸转向这边,转向那边,若无其事地看着车站广场上来来往往的人。

克渊说,你他妈的何必来这一套,你以为你来这一套我就发善心放过你了?我放过你德群不会放过我。

梁坚说,哪来这么多屁话?我告诉你了,这是我的遗书,遗书能随便擦的吗?

克渊注意到梁坚的目光时不时地向车站旅社那里投射过去,投过去以后就受惊似的收回来了。

远远地透过旅社的落地玻璃窗,克渊能够看见大堂里走动的人影,一个红色的人影一直端立在柜台后面,即使看不清她的脸,克渊也知道,那是冷燕。

她钻在钱眼里了。克渊说,女人头发长见识短嘛,钻进钱眼里你就没办法了,跟她说什么都是对牛弹琴。

梁坚说,喝啤酒,说她干什么?

没想到她心肠这么硬,钻在钱眼里了。克渊说,不过也怪你这几年玩得离谱,伤了人家的心。

梁坚说,喝啤酒,喝完啤酒我们去贮木场,把事情了掉。

女人变得快，冷燕现在看上去有点老了。克渊说，现在看她不觉得她漂亮了，怎么回事？一点也不漂亮。当年你把冷燕骗到手，大家还吃醋呢。早知道现在这样，谁他妈的会吃你的醋？长相不行，心肠也坏了，这种女人，犯不上嘛。

梁坚说，你闭不闭嘴？你不闭嘴我就先走了，我去贮木场等你。

克渊一把拽住梁坚，然后他惊奇地发现梁坚的眼睛里有一星泪光闪了一下，克渊几乎是欣喜地嚷嚷起来，你哭了？×他姐姐的，这不是公鸡下了个大鸭蛋吗，你梁坚还会哭呀？

谁哭谁是孙子。梁坚搡开了克渊的手，抬头看着天色说，下雨了，下雨了你都不知道，你就坐在这里说那些屁话，我欠钱，不欠你这些屁话，贮木场你到底去不去？不去我回家睡觉了。

好，我不提冷燕了，提她就是用刀子戳你的心。克渊在梁坚的肩膀上拧了一把，你也别提贮木场了，别以为我不敢去贮木场，别以为我不敢捅你，捅了你我有地方走，德群会替我擦屁股。

那干脆就在这儿捅了，你不怕让别人看见，我怕什么？梁坚说，对面超市有裁纸刀卖，很好用，你去买，我在这儿等你，我要是跑一步就不是人养的。

克渊瞪着梁坚，他的眼神里明显地流露出被人戏弄后的愠怒，只是没有发作的途径，便一脚踢飞了一个啤酒罐，啤酒罐在广场砖上朗朗地滚着，克渊起身又把它捡了回来，他捏着空

十二 他的降落伞放哪儿了　77

罐子，听铝皮在手里噼噼啪啪地响着，与此同时，天空猛地暗了下来，雨点也噼噼啪啪地落了下来。

六月的雨是热的，带着尘土与汽油混合的气味，太阳摇晃了一下，然后很干脆地消失了，广场像一个停了电的舞台，一点点暗下来。

此地的人们对付雨季素有经验，在短短的一阵慌乱过后，人都以最快的速度冲向了室内或者屋檐底下，只有长椅、棕榈树和垃圾箱，傻乎乎地留在原地，承受着暴雨的冲刷。除此之外，有两个人，好像头脑出了什么问题，他们一直坐在大雨中。

梁坚不肯走。这是六月十号这天梁坚第二个反常之处，谁都知道美男子梁坚平时不容许皮鞋上有一粒灰尘，可那天他像一条癞皮狗一样赖在广场上，克渊怎么拉他他也不起来。

我就在这儿，哪儿也不去。让你去贮木场你不去，你选这个地方，那我就在这儿坐着。梁坚说，你怕淋雨你躲雨去，我不怕。我连刀子都不躲了，还躲雨干什么。

克渊放弃了拉扯梁坚的努力。你难不住我，×，这算是修理我？拿淋雨来修理我？克渊从旁边的一张椅子上捡了一个塑料袋，把他的手机包了起来，挨着梁坚慢慢坐下来。

你喜欢淋雨我就陪你淋，反正你不还钱就别想把我甩了。克渊说，你听过那个灭虫灵广告吧，我们是害虫，我们是害虫，我给我们拉特公司编了个广告歌，我们是蚂蟥我们是蚂蟥，你听听怎么样？

梁坚没有搭理克渊,他不时地调整着坐姿,说,从来没这么淋过雨,很舒服,比洗桑拿舒服多了。

你什么都舒服。克渊说,蚂蟥叮在你身上也很舒服,你这人是欠揍。如果世界上评选全世界最欠揍的人,你一定是冠军。

梁坚凝视着广场上满地流淌的雨水,他的腿忽然伸出去踩住了什么东西,然后耐心地把它勾了回来,克渊看着梁坚把一条蛇从脚底下捡起来,抓在手上转着玩。

是一条死蛇。是一条幼小的死蛇,蛇背上的暗褐色花纹还没有长齐,看上去蛇死了不久,梁坚把它抓在手上,蛇的小小的尾巴便柔软地垂了下来。

到处是蛇。这两天我起码打死了七八条蛇。洗头房里也有蛇,把小姐吓死了。梁坚把死蛇放到膝盖上,抚摸着蛇皮,蛇皮好凉啊,像冰块一样凉,你摸摸?不骗你,比冰块还凉——这些蛇到底是从哪儿来的?

你问我我问谁?晚报上不是说了吗,这是本城本世纪最后一个谜案。

梁坚捏着死蛇,打量着蛇的嘴部,我从来没见过毒蛇,三步蛇,七步蛇,眼镜蛇,我一条都没见过,光听说过没见过,你说这是一条什么蛇?

什么蛇都不是。克渊说,他们说是基因蛇,基因蛇嘛,就是杂种蛇。

梁坚终于笑了笑,他沉默了一会儿,说,你有没有让肚肠

十二 他的降落伞放哪儿了

街的瞎子替你算过命？我让他算过，他说我命里忌蛇，让我千万别让蛇咬了。我当时还不信呢。现在看来那瞎子的嘴真是很灵。

你也让蛇咬了？咬哪儿了？克渊一定是想起那个倒霉的洗头爱好者孔某人了，他嬉笑着问，咬到你哪儿了？

没咬到哪儿，咬到我脑子了。梁坚说，这几天我和小姐亲热都亲热不起来，做梦梦见的都是蛇。小姐的胳膊不能碰我，我以为是蛇来缠我的脖子，小姐不能亲我，她亲我我以为是蛇来咬我了。现在我信瞎子的，蛇来催我的命了。

克渊不解其意，有点茫然地看着梁坚，他看见雨点落在梁坚的头发上，脸上，他脸上的那个37已经被雨水冲洗干净了，现在梁坚的脸看上去闪烁着一片灰白色的光。

梁坚说，你看着我干什么？我说的是日语吗？

雨点忽大忽小地落在广场上，广场上蒸腾着一股白茫茫的水雾，一片雨声中世纪钟的钟声突然敲响，持续的洪亮的钟声一下子遮盖了雨声，广场上的两个人下意识地侧过脸去看世纪钟。世纪钟庞大的钟身在雨幕中仍然反射出新型合金材料特有的光亮，钟盘上的红色指针尤其醒目，它错误而果断地停留在正午十一点，与车站附近的人们一起聆听它的电子震铃发出的声音。

十一点钟？梁坚说，现在才十一点钟？我以为已经下午了呢。

十一点二十五分了，不信你看表。克渊说，你嫌时间过得慢？我知道你，在顺风街上你就嫌时间过得快啦。我也不愿意陪你，我跟人约好今天打麻将的，现在好了，我当上你的三陪了，还玩屁个麻将。

你跟人约几点？梁坚说，下午？下午来得及，我帮你一个忙，让你玩麻将。

你什么意思？有办法弄到钱了？克渊说，有办法弄你不早说，喂，你往哪里看？这附近没有银行。你看着钟干什么？世纪钟里面有你的钱吗？×，怪不得它老也走不准呢，让你的钱卡住了嘛。

世纪钟的质量问题我们大家都有所耳闻，六月十日这天早晨，世纪钟管委会派修理工上去修过钟，懒惰的修理工没有把软梯收起来，大概是为了图方便，反正管委会的人经常要打电话报修的。

雨势渐渐地小了，广场上的景物便清晰起来，平日灰蒙蒙的建筑被雨水冲洗过后显得湿润而洁净。

美男子梁坚后来一直盯着世纪钟上的那架软梯，软梯不是美女，有什么可看的？可梁坚一直瞪着它，就像一个迷路的人发现了一个熟悉的路标。

我们是旁观者清，只有我们这些局外人能够从梁坚反常的言行中得到答案：走投无路的美男子梁坚，他一定从软梯上找到出路了。

你下午可以打麻将。梁坚说，克渊我骗你不是人，我们以前交情不错的。我帮你一个大忙，我也帮自己一个忙。马上就

十二 他的降落伞放哪儿了 81

把事情了掉,你下午可以去打麻将了。

克渊凑近了盯着梁坚的脸,他说,你说的话我怎么听着像遗言呢?你准备干什么?你盯着钟看干什么,难道你要去跳世纪钟呀?这算什么,寻死的人我见多了,跳楼,跳悬崖,跳大桥,没听说有跳钟的,我告诉你,这世纪钟有三十多米,你去跳,去跳,你把债跳跳干净,我也没麻烦,我去告诉德群,钱没追到,追了梁坚一条狗命回来。

梁坚说,别骂人了。我知道你高兴还来不及,我喝你几罐啤酒,帮你一个大忙,下午你就可以去打麻将了,我梁坚死也死个好玩的出来,你看着,我梁坚活着图个好玩,死也死得好玩,等会儿招呼大家,认识的不认识的,都招来看。

你准备怎么个跳法?克渊说,寻死的事情能好玩吗,少给我装蒜,你倒立着跳下来,拿大顶跳下来?

倒立恐怕不行,没看见上面是圆的,站也不一定能站稳。梁坚说,我考虑过了,像跳水似的,我做一个飞燕展翅。飞燕展翅我跳得很好。

你脑子坏了。克渊说,欠钱的人世界上多着呢,人家脑子都没坏,就你脑子坏了。你脑子坏了不关我屁事,我不管你脑子,我就管着你的腿。

是,你管着我的腿,管了一上午了,等会儿就不用管了,去打麻将吧。美男子梁坚抬头看了看天空,他说,雨马上停了,雨一停广场上人就多了。等人多了我就上去。

克渊后来承认他始终对梁坚跳钟的事情半信半疑,他承认自己把梁坚看得太坏了,他说梁坚从小撒谎撒到大,没想到在死这件事情上不撒谎,他如果提高警惕是能随时抓住梁坚的,可他就是没有这个思想准备。

梁坚说,我要活动活动,好多年没爬高了。

克渊还笑呢,说,是得活动活动,否则爬到一半摔下来,摔个半死不活的,37万还得你一笔一笔地还!

克渊看着梁坚甩着胳膊踢着腿向世纪钟走过去,他站了起来,说,你还没交党费呢。

梁坚似乎没有听见克渊恼怒的讥讽的声音,他站在世纪钟前面了。

雨停了下来,有人从各个方向向广场上走来。

克渊看见梁坚拍着手像小贩一样吆喝着,快来看,有人要跳世纪钟了!梁坚向几个男孩拍着手,快来看,世纪之跳,跳世纪钟了,免费的,不看白不看!

克渊发现梁坚的目光多次向车站旅社的方向瞥去,旅社的大玻璃窗仍然忠实地反射着一个红色的身影,克渊知道是冷燕在柜台上,冷燕在当班。

也就是在这时克渊吓出了一身冷汗,他突然意识到梁坚的眼睛里没有一丝的欺诈,也没有一丝的阴谋,他的眼睛就像那条死去的幼蛇的眼睛,那眼睛绝望而无畏,没什么,活着很好,死了也就死了,没什么。

克渊突然吓出一身冷汗,他终于向梁坚那儿扑过去——这反应迟钝智商低下的狗娘养的宋克渊,现在怎么扑都已经迟

十二 他的降落伞放哪儿了

了，美男子梁坚像一只灵巧的猴子一样向上攀，向上攀，向上攀。

美男子梁坚一边攀一边狂叫着，快来看，世纪之跳，世纪之跳，跳世纪钟啰！

六月十日那天，车站广场上大约有二十人亲眼目睹了美男子梁坚跳钟的旷世奇观。起初人们认为那个爬在世纪钟上面的人要进行跳伞表演，他们仰着头等待他打开降落伞，嘴里还议论着，他的降落伞放哪儿了？人们万万没想到那个人不用降落伞，他起跳的姿势好像是一个跳水运动员的姿势，可广场上的二十多个人都是普通人，不是什么裁判员，他们惊叫着同时蒙住了自己的眼睛。他们没有来得及捂住耳朵，所以每个人都听见了死者最后晦涩的喊叫声，清账！

与此同时，他们听见世纪钟的钟声又宏伟地敲响了，正午十二点的钟声是最热情最执著的，它一遍遍附和着死者的喊叫声，清账！清账！清账！

十三　金发女孩像一枝瓶中的鲜花

金发女孩像一枝瓶中的鲜花，盛开三天过后开始枯萎。

车站旅社的女孩子们普遍地注意到她的美貌一天不如一天，她们暗地里开始对冷燕的判断展开了争鸣，金发女孩是否做过整容术？她鼻梁上突然浮现出来的雀斑，还有一对与天皇巨星黎明先生相仿的眼袋像燕窝一样地生长出来，它们成为女孩子们注意的焦点。

大家知道判断一个人是否做过整容术主要是观察鼻梁的曲线是否自然，双眼皮是天生的还是医生用刀割出来的也要靠你的观察，可是并非所有的女孩子都像冷燕那样阅历丰富敢于下结论，她们研究了金发女孩的鼻梁，有的认为它挺拔得有点过分，似乎是用什么东西隆起来的，但有的女孩举出具体例子，说她的表姐什么的鼻梁也是这么挺拔的，人家根本就没垫过鼻梁。这就没法讨论了，女孩子们在一起探讨整容术，由于对这个领域缺乏必要的知识和经验，最后讨论莫名其妙地变调了，她们开始对金发女孩的身份职业争执不休，而且形成了两个派别，一个派别的观点虽然不尽相同，但综合起来说是清白派，那几个女孩有的猜测金发女孩是来本地寻找恋人的,恋人一时找不到,只能孤身一人住旅馆,有的女孩在走廊上偷听过金发女孩打电话找什么什么导演的,同时也过高估计了金发女孩的才貌,所以猜她是一个三流的或者不入流的演艺界人士,就是这种猜测引起了另外一些女孩的一片嘘声,这几个女孩虽然表达方法不一,有的说得害羞,有的说得坦荡,有的说得含蓄,有的说得明白,但我们不妨归纳一下她们对金发女孩职业的猜测,就是一个"鸡"派——反正我们在背后悄悄地议论,不会让金发女孩听见——她们认定金发女孩是一个鸡。

三天来金发女孩都是这样,早晨像一只美丽的蝴蝶一样飞出车站旅社的大门,大家以为她到城市的某个地方去拉开新生活的帷幕了,可黄昏时候金发女孩像一个没头苍蝇一样飞回来,她的银色的挂着小松鼠的挎包里露出一个矿泉水瓶子,浑身充满了怨气,你看看她噘着的嘴巴,看看她疲惫而怨恨的眼神就知道了,这一天的奔忙没有结果,那个什么刘先生,什么姚导演,什么杨光,谁也没找到。也许找到了人家,可人家没有为她预备美好的新生活,谁知道呢?谁知道金发女孩在外面奔忙的三天都遇见了什么人,做了些什么事?

车站旅社的人们个个都有一定的兴趣,可谁也不好意思去问她,怎么能去问呢?如今社会是讲究隐私权的。

金发女孩疏于修饰她的人造金发,所以到了后来车站旅社的女孩子们评价说她的头发像一头狮子的狮鬃,即使是傻瓜也能听出来那样的形容不是恭维,六月十日金发女孩穿一双新买的样式像木屐的凉鞋，拖着她的行李箱，在走廊上咯噔咯噔地走，她走过干燥机办事处租住的房间，停了一下，加快步子冲过打开的房门，里面的推销员却把脑袋探出来，招呼她说，走了？进来坐坐嘛！

人家也没得罪她，她却听出了调戏的意味，脆生生地说，坐坐？让你妹妹陪你坐去。

金发女孩走过热闹的彩票发行办公室，正好小秦走出来，两个人差点撞上了。

金发女孩说，你怎么走路的？

小秦说，你怎么说话的？我在让你呢。

小秦退到墙边，也不一定是故意的，小伙子的目光很不得体地停留在金发女孩的上半身，那上半身像触了电似的转了过去，你往哪儿看？金发女孩跺着脚说，没看够，还没看够？你们这旅馆里住的，没一个正经人！

金发女孩过激的反应让小秦想起了几天前的事情，小秦忍不住就嘿地笑了一声，这一笑笑得确实不正经，也是活该，金发女孩猛然回过头，啐了小秦一口。

旅社的走廊走了一半，金发小姐就把两个旅客得罪了。金发小姐像一头愤怒的狮子一样走到楼梯拐角处，看见一面穿衣镜，金发女孩迎着镜子走过去，突然地，她的鼻子抽搐了一下，人站在镜子面前，眼泪流下来了。

修红上楼的时候正看见金发女孩在镜子面前拉一绺金发，那一绺金发存心让她的主人生气，无端地翘得很高，更反常的

十三　金发女孩像一枝瓶中的鲜花　　87

是它长得也比别的头发快，上端显出了明显的黑色。

你怎么站在这里？修红说，我给柜台上说过了，你房费打八折，她们还不愿意呢，我跟他们说，人家一个姑娘家出门在外不容易，给点优惠也是应该的。

金发女孩仍然泪汪汪地站在镜子前，大姐，你有发夹吗？她说，这绺头发把我气死了，怎么整也整不好。我现在很丑是吧，我哪儿有空整发型？现在这发型，走出去会让人笑话的。

不会的不会的，这发型不是很时髦的吗？修红不懂发型，便胡乱地奉承，奉承永远不错，这是修红的哲学，但金发女孩张口索要发夹让修红有点为难，她的手在自己头上摸了一下——四块钱，发夹值四块钱，有点舍不得，手就又放下了，她说，我抽屉里有一个，你别嫌难看，我拿来给你。

金发女孩站在镜子前等修红的发夹时，一列火车驶过车站旅社的窗子，走廊里的光线随之紊乱起来，一会儿黑下来了，一会儿亮了，旅社的四层楼像一条大船微微晃动着，修红在走廊这一头看那一头的金发女孩，看见女孩镶了银色丝线的上衣闪着银色的光芒，其余部分却是泡在黑暗里的，很模糊。

她用两根手指捻着一个普通的黑色发夹走过去的时候，看见金发女孩手里抱着她的芭比娃娃，她预感到了什么，她的手下意识地去摸头上的四块钱的发夹，可这个动作来得迟了。

送给你女儿，你不是说你女儿一直缠着你买芭比娃娃吗？金发女孩把她的娃娃塞在修红的怀里，她说，大姐你别跟我客套，什么也别说，你是个好人，我现在是没钱，有钱我就买个

88　蛇为什么会飞

新的玛丽莲·梦露的,送给你女儿。

修红不知所措,这可不行,她说,你不是说你从小就跟洋娃娃睡吗,你说旁边没有洋娃娃你就睡不好,我不能拿呀。

拿着,大姐,什么也别说了。金发女孩说,你记着给娃娃梳头就行了。头发不整不行,别让它跟我似的,头发乱得像个狮子。

我不能拿呀,拿了你晚上睡不好怎么办?

留着它我晚上还是睡不好。金发女孩伸出手在她的芭比娃娃美丽的金发上摸了一下,又摸了一下,然后她抹了抹眼角的泪花,突然发出一种放肆的神经质的笑声,我都二十四了,不能再和洋娃娃睡了,该和男人睡了,大姐你说对不对?

一幕应该是比较感人的场景最后又让金发女孩弄得不伦不类的,金发女孩说话如此不检点,修红就不好再附和了,修红后来就抱着女儿最心爱的礼物站在楼梯上目送金发女孩下楼,她最后关照女孩仍然是房价打八折的事,我跟他们说过了,房费打八折!

修红后来才想起该说的话她都忘了说了,她甚至没有问一问,你找到那个杨光,找到那个什么导演了吗?修红甚至忘了问,你离开车站旅社,是要去哪里?

金发女孩离开旅社的时候心情一定是恶劣透了,大约过了一分钟的样子,修红在上面清晰地听见她大声地跟人吵架的声音。

我不是鸡——你妈妈是鸡,你姐姐是鸡,你老婆是鸡——

十三 金发女孩像一枝瓶中的鲜花 　89

我不是鸡!

你奶奶是鸡,你妹妹是鸡,你们一家人都是鸡——我不是鸡!

你是鸡——我不是鸡!

大堂里不知是谁又去惹她了。修红知道那儿的人总是对金发女孩指指戳戳的,欺负外地人,欺负女孩子,算本事吗?同时修红认为金发女孩也不对,你不是鸡就不是鸡,不是鸡也不用这么嚷嚷呀,多难听。

修红伏在三楼走廊面向车站广场的窗前,她原想向那个金发女孩挥手道别的,可是广场上一片混乱,有人向世纪钟的方向狂奔而去,有人从世纪钟那里慌乱地向别处跑,有个人径直向车站旅社跑来了,她认出那个矮小的撒腿狂奔的男人是克渊,好奇心战胜了与金发女孩的离情别意,修红就向克渊挥起手来,克渊,广场上出什么事了?

克渊抬头向修红这里瞄了一眼,似乎无暇理睬她,修红直着身子从窗台上撑起来,仍然看不清世纪钟下面发生了什么事,不免有点迁怒于克渊。

修红说,这个死克渊,也没升官也没发财,架子倒大起来了!

十四　一个死者是人生哲学课最好的老师

去火葬场的三辆客车违章停在火车站广场西侧。

一辆是从旅游公司借来的日产车,其他两辆是国产的面包车。

日产车上已经坐满了人,现在是两辆国产车虚席等待着参加梁坚葬礼的宾客。

天气不帮忙,从早晨开始就下雨,下了停,停了又下,到底准备不准备放晴呢,态度一点也不明朗。

从另外一个角度看这天的天气,也可以说是天公在哀悼死者的卿卿性命,日产车上的人们就是这么说的,他们大多上了年纪,大多来自改造以前的城北三街十八弄,与梁家沾亲带故或者做过街坊邻居,不管以前对美男子梁坚印象如何,人死了,印象不重要了,看着梁坚长大的老人们开始为死者回忆起他的生平,就像在放映一部纪录片的镜头。

梁坚的一个姑妈记起日产车停放的位置以前是车站货运部堆放大件货物的露天仓库,老妇人抹着眼泪说,货箱堆得比房子还高呀,他就偏偏爬上去,爬上去再跳下来,吓死人了,小坚跳下来的样子还在我眼前晃呢,好像是昨天的事——老妇人对梁坚童年生活的点滴回忆触动了众人,车厢里一片寂静,很明显一个死者总是人生哲学课的最好的老师,也许是对生死无常的突然参悟,有个宾客叹了一口气,说,人都是假的,活着的时候还是想开一点,穿要穿得好,吃也要吃得好,千万别亏待了自己!

众人都频频点头,只是不好再多表态了,大家都是认识美男子梁坚的,谁都清楚梁坚短促的人生就是那位仁兄倡导的典范,可人家现在死了,你再顺着这人生观说下去就不合适了,好像大家去火葬场不是哀悼死者,倒是去开庆功会的。

大家就说别的,别的也不能大声地说,只能压着声音瞒着死者的家属说,他们说的是三万元欠债的事,数字是说明一切的,于是在外面雨声的遮掩下,车厢里击鼓传花般地响起一个刺耳的声音,三、万,三、万,三万,三万,三万三万三万。

克渊穿了黑色的西装,站在一辆国产面包车的车门前,左手夹着一支烟,右手手持一面白色的三角旗。远看克渊的样子有点像旅行社的导游,近了才注意到克渊手里的三角旗上写了四个字:梁家丧事。

现在的人都是见过世面的,也知道凡是盛大的红白喜事,如果不是利用运筹学原理总会出几个娄子,让宾客不开心,克渊手里的这面三角旗得到了所有人的一致赞赏。谁都能想见这面三角旗为人带来的便利,他们冒雨钻进车厢时都由衷地奉承克渊,说,看不出来,克渊你做事情很周到的嘛。

克渊坦然地接受着人们的赞誉，满面春风。是梁坚的家人央求他帮着张罗的，他们央求他出面张罗也是有道理的，以前顺风街几百户人家，就克渊家死人死得多，就死剩克渊一个人了。克渊从来不忌讳这一点，克渊几乎带着炫耀的口气在陈述他在丧事方面的经验。

我是白事专家嘛，他们不找我帮忙找谁去？克渊站在车门口对车厢里的人说，谁有我宋克渊的福气？啊，三十岁就死光亲人！×，我一共就那么三个直系的，排着队上天，像一群鸽子一样，一个接一个上去了，一个也没留下！

这时车厢里响起一个男人刻薄的声音，留下干什么，陪你克渊受罪呀？

那是原来顺风街肉铺里卖肉的胖老王。

克渊向胖老王看了一眼，眼珠子先是瞪了一下，然后又笑了，大概觉得不应该和胖老王这种人一般见识。

我家老头子算是善终，好歹也活过了六十，克渊继续炫耀着他家非同寻常的死亡史，他说，我家老娘退休第二年就死了，五十一岁，×，五十一就死了！我姐姐呢，死得更积极，骑车骑得好好的，让大卡车撞上天了，她出事那年才三十二岁！

说到姐姐的死，克渊生动的表情突然僵冷了。然而这话题很热，像一块石子投进了池塘，车厢里嘤嘤嗡嗡的嘈杂声几乎沸腾起来，尤其是女宾们，一下子回忆起以前顺风街的那个女理发师克珍笑容可掬的模样来。

有人忍不住地对车门口的克渊白眼相加，说，你看他还好意思提他姐姐！他在大街上拿西瓜刀砍了人，克珍是去派出所的路上出的车祸，我们都记得清清楚楚的，他倒把事情给忘了！

旁边有人立刻用眼神提醒这个富有正义感的街坊邻居，说话轻点，小心让克渊听见了又犯他的狗脾气。

可以看出来从前顺风街的邻居对于克渊仍然是存有畏惧之心的。

可是关于克珍的话题一旦开了头，让那些女宾停止对一个大好人的回忆是不可能的，于是在梁坚的丧车上，女宾们纷纷回忆起克珍生前的事迹。

他们首先比较了遗传基因在那对姐弟身上反映出来的不和谐性，一个父母生出来的，一口锅里吃饭长大的，怎么一个像女菩萨，一个像瘟神呢？他们在女理发师死后多年仍然在赞美她的技艺，说她吹的头发多么好，一点也不比市中心那几家有名的理发店差，有个女宾说起他儿子小时候怕理发，坐到椅子上就哭就闹，哎，怪了，小孩子也知道看人好人坏，一到克珍手上就不哭了，女宾说着语调有点变了，眼睛也潮了，她说后来儿子又去理发，别人来他不肯上椅子，要等克珍阿姨，可是——女宾说到这儿说不下去了，听者也听不下去了，旁边又有人提醒这群女宾，大家现在是去火葬场悼念梁坚的，怎么说起克珍的事情来？让梁坚家人听见了多不合适。

女宾们只好噤声不语，又有点意犹未尽，大家的目光不约而同地瞟着车门口的克渊，目光中含有一半的遣责，一半的怨恨，意思是克渊克渊，你姐姐是多好一个人，死了这么多年大家还在怀念她呢，你怎么就不成器？亏你还是克珍的亲弟弟，你若是那个什么了，看有没有人来怀念你？！

车厢外面的雨下大了，另外两辆国产车还没有坐满人，克渊看见广场上有几个年轻男子头上套着塑料袋顶着报纸在雨中东张西望的，小三，老屁眼，到这里来！

克渊挥着他的三角旗向他们叫喊着，那几个人跑过来，却不是小三和老屁眼他们，是几个外地人，他们问克渊，是一日游的车吗？

克渊认错了人，也不知道自我检讨，反而将人家推了一把，说，什么一日游，去火葬场一日游，你们去不去？

广场上的世纪钟敲了八下，不管是不是北京时间八点钟，至少是八点钟左右了，车厢里有人大声说，怎么还不开车？我就请了半天假。

司机也从驾驶座上挤过来，向克渊解释他的车只能租用四个小时，中午十二点以前车必须回到车站来接一个旅行团的。

克渊做了个稍安勿躁的手势，他说，两辆车都空着呢，我去跟他们商量一下，问问他们还要不要等人。

克渊用他的三角旗挡着雨点向后面的国产面包车跑去，一边跑一边嘀咕着骂人，克渊骂的是小三和老屁眼：人家混得好，吃人家的喝人家的，天天泡在一起！人家现在死了，火葬场都不肯去一下，婊子养的东西！

冷燕坐在后面的车上。隔着水淋淋的车窗玻璃,克渊看见冷燕模糊而苍白的脸,他敲玻璃,冷燕没有任何反应,克渊只好钻进车里去,到底还有没有人了?他看着冷燕说,没有人就发车了。

克渊注意到冷燕投来的目光中除了冷淡就是讥讽:你还有脸在这儿张罗梁坚的丧事?

但冷燕毕竟是有理智的女人,她没有在这个场合论证克渊的资格,冷燕说,别问我,我不知道,你到后面那辆车上去,他家的人都在车上。这一点点小事也踢皮球?又不是批执照。

克渊不满地瞪了冷燕一眼,挥挥手说,问他家的人不如问我呢,我做主了,不等了,发车!

车队在雨后的广场上掉转方向,有两个戴臂章的人早不来晚不来,车队动了他们从邮局冲出来了,手里明显拿着罚单,克渊就把脑袋探出去,向他们扔了两包香烟出去,克渊扔了香烟后有点牢骚,他说,×他姐姐,现在什么都涨了,香烟打点也涨了,以前在这儿停个车,一支就够了,现在一扔就是一包!

十五　关于美男子梁坚的生前逸闻

　　车队在雨中通过火车站地区改造后的街道，沿途可见塔形的、椭圆形的、火柴盒形的以及说不清什么形状的建筑物，它们像巨人一般华丽地耸立在城北地区。

　　车上有人敏锐地指出本市电视台天气预报的背景就是从这里取的景。

　　这里，这里是什么地方？

　　车上大多数人来自于三街十八巷，即使是在雨天，他们仍然能够凭借着天生的方位感和末梢神经确定车子经过了哪条街道——旧地图上所标示的香椿树街、顺风街、肚肠街、牛皮弄、白举人弄、绣花坊、能仁里、铁匠弄、羊尾巴巷。

　　一些听力下降了的老人更是听见了雨天的街道上流淌着一种私语声，老张，老王，下车来叙叙，叙叙，叙叙——叙叙是城北地区的人们对社交生活的方方面面的总称，人们总是说，来叙叙，来叙叙，砖头瓦片也学会这么说了，树也学会这么说了，下水管道也学会这么说了。它们压低了声音说，有点惭愧地说，躲在新城北的地下和阴影里这么说，过去相处不好，大家都不对，过去的事情就让它过去吧，现在我们叙叙，来叙叙吧。

上了年纪的人大多被车窗外的这种忏悔的声音所打动，他们虽不至于糊涂到下车的地步，但是人从旧址经过的时候感情天生会脆弱一些，几个老人的头始终贪婪地转向窗外，看着走了几十年的小街摇身一变，变成了四车道的划满了红线白线的大马路，他们陈旧的知识结构和盲目怀旧的陋习使他们无视市政当局的功德，反而怀着无限的感伤嘟囔道：可怜，可怜，好好的房子，好好的路，都埋在地底下啦。

这也是不幸的死者梁坚从小生长的地方。由于奔丧的宾客们处于特定的环境和事件之中，不知是从谁那儿开始的，车上的人们开始寻找窗外的旧地点与死者梁坚的关联，这种情形好比一棵树在春天的时候讨论意外坠落的一片树叶，同一条树枝的叶子都在缅怀那片树叶，邻近的和相隔很远的枝条上也有树叶一知半解地插嘴不免导致了车厢里拌嘴的声音。

车过一片种满美人蕉的绿地时，胖老王说，这不就是过去的七路汽车站么，梁坚最早在这里卖冷饮的。

旁边有人反对，哪里是卖冷饮？卖西瓜，他就是在这儿拿西瓜刀捅人的嘛。

胖老王是自尊心特别强的人，容不得别人的异议，你知道个屁，他卖西瓜是在车站百货店门口！

胖老王轻蔑地看着那个信口开河的人，你瞪着眼睛干什么？打赌？我要输了把头割给你。告诉你吧，我看着他把冷饮柜从方明的店里拖过来的，他搭棚子让我帮忙的，他的电源也是我帮他从我们汽修厂拉的。

如此翔实的细节被胖老王一一回忆起来,那个多嘴的人只好闭上了他的嘴。

车厢里的人都知道死者梁坚也有一部个人奋斗史,虽然不及电视连续剧里的热闹,跌宕起伏,但感情纠葛男女关系方面的噱头是一点也不少的。

现在回忆起来,在梁坚早年的小贩生涯中一直有女人做他的女朋友兼他的合伙人,他卖西瓜的时候是肚肠街的烂苹果,那个女孩子虽然有个缺乏格调的绰号,可人是漂亮的,也是很时髦的,而且她在效忠于梁坚的感情同时也效忠于贩卖西瓜的职业。

人们现在仍然不能忘记烂苹果用她的纤纤手指拍西瓜时自信的表情,不好不要钱,她说,都是街坊邻居的,不会骗你的,瓜要是不好,你拿来砸我的脑袋。人们记得那女孩巧舌如簧地做着生意的时候,美男子梁坚在树荫底下和人打扑克。

梁坚卖冷饮的时候女朋友换了仙女巷的美兰,美兰其实容貌不及烂苹果,但正如大多数妇女所说,美兰是狐狸精,她的风骚与妖媚之气隐匿于她的眼睛、嘴角以及髋部之上,就像月亮依赖于太阳才能发光,美兰依赖于男人才构成她的妩媚,由于对自身形象的过度关注,平均半个小时要照一次镜子,美兰卖冷饮卖得心不在焉,其业绩当然与烂苹果无法比拟,美兰与梁坚的关系保持了两年,直到梁坚在车站开始吃社会饭的时候,她仍然像一只跟屁虫似的跟着梁坚,有人说在医院里看见梁坚陪着美兰在妇产科外面的椅子上坐着，一对未婚男女在那儿坐着干什么？大家都是心中有数的，可即使到了这个程度，梁坚和美兰最终还是分手了。

现在车厢里有人谈到梁坚和美兰分手时种种不愉快的细节，悄悄说话的当然是当初的目击者，一个侧重分析那对男女劳燕分飞背后所潜藏的必然因素，他说梁坚甩了美兰去泡谷丽是弃暗投明，谁不知道谷丽在货运仓库是说话算话的人，如果不是靠谷丽，梁坚他怎么在货运仓库做他的黄帽子生意？那么大的吞吐量，进出货物都得让梁坚的黄帽子搬运，多少进账呀，梁坚后来能有钱，靠的是谷丽嘛。

另外一个老兄却多少有点不正经，他回忆的是那天美兰大闹货运仓库有失体统的言行，他说美兰去追打谷丽，梁坚去追打美兰，好像是新发明的地方戏三人转，本来美兰的攻击目标是谷丽，可梁坚不小心把美兰的衣服扯下来了，露出里面的乳罩，乳罩偏偏又松了搭扣，美兰走光了，仓库里的黄帽子大多是来自外地的民工，除了在录像厅，不容易看见活生生的女人走光，有人傻笑，有人竟然不知掩饰地挤上来看，这下美兰恼了，美兰干脆解下她的乳罩，将它作为武器或者鞭子，咬牙切齿地抽打梁坚，梁坚一边抱头躲闪一边指着美兰说，戴上，戴上，你戴上再说！

可美兰豁出去了，美兰就是不戴上，她疯狂地挥舞着一只乳罩扑向梁坚，并且尖声地抖搂出梁坚的一个可笑的隐私，她说，梁坚你有什么了不起的，你以为世界上的女人都稀罕你，美男子有屁用，你把下面的东西拿出来给大家看，给大家看呀，不如一只田螺大！

车上有一半人听见了梁坚生前的这段逸闻，有人以前就听过，有人是第一次听，听过的没听过的都只能会意一笑，毕竟这是在梁坚的送葬车上，梁坚活着时不是个古板的人，他的在天之灵或许不会计较别人说他的风流韵事，可日产客车的前排还有他的亲戚坐在那里，你也不能放肆的。

大家安静了片刻，突然都半站起来向后面的两辆面包车张望起来。

烂苹果来了没有？没有。

那个美兰来了没有？没有来，她怎么会来，看见梁坚恨不能把他一口吃了。

那么车站货运仓库的谷丽来了没有？也不来，她和梁坚不是一直藕断丝连的吗？人死了，婚外情是维持不了啦，可是你至少该来见上最后一面，怎么也不来呢？

大家向后面张望了一番，也没看见什么，就怅然地坐下来，说，现在的人哪！

突然有人冒出一句，冷燕她不会也不来吧？

旁边的胖老王几乎是气愤地反驳这个愚蠢的邻居：你没有脑子的？她不来还是个人吗？虽说夫妻关系不好，不好也是夫妻，公鸡死了母鸡还要扇开翅膀叫几声呢，她冷燕怎么可以不来？

旁边的人似乎比胖老王更了解梁坚和冷燕夫妻关系的现

状，他们这次都对他的看法流露出不敢苟同的神情，有人轻轻说，他们这对夫妻算什么夫妻？不如一对仇人冤家呢，也不知道两个人当初怎么就结了婚？

第二个宾客也许是知道些内幕的，压低声音说，冷燕让骗了，梁坚说结了婚就和冷燕出国去，去美国。梁坚说他有个叔叔在美国，什么叔叔？其实是梁坚在酒桌上认识的一个狗肉朋友，梁坚骗了冷燕，没想到自己也让那朋友骗了，那人连国门也没出过，是个贵州人。嘿嘿，说起来又是一幕三人转！

前面有个女宾，不知是梁坚的什么亲戚，一直竖着耳朵偷听后排宾客对死者不恭的怀念，这时突然回过头，厌恶地看着后面，说，你们知道些什么，在那儿胡说八道的，你们以为是梁坚缠冷燕？你们以为冷燕是什么仙女呀，告诉你们，冷燕看上的是梁坚的钱，他们结婚的时候梁坚有四十万，有四十万的时候他们感情好得很，四十万没有了，什么都没有了！

后排的人一时便有些尴尬，事实上他们也知道对于梁坚和冷燕的关系，他们所有的发言都是草率的、想当然的、道听途说的，一些人面带羞愧之色，为自己下台阶说，都是听他们瞎说的。而胖老王的思路一直被某种简洁的伦理牵制着，他突然冒出一句，冷燕敢不来？我要是梁家的人，五花大绑的也要把她绑来。

这时克渊从前面走过来了，克渊手里捧着一堆黑纱，分发给车上的宾客们，嘴里吆喝着，都提前戴起来，戴起来啦，他们火葬场一上午要烧七八炉，大家抓紧时间了！

十六　你们是些什么野鸟

　　火葬场对于上了年纪的宾客们来说并不陌生，隔个一年两年的，甚至隔不了几个月，他们会到这地方来一次，城北地区沿袭了几代人的风俗礼仪要求他们这么做，邻里亲戚告别了这个世界，你作为活人拉不住急于升天的死者，那么遗体告别是必须的。不来不行，一般的人感冒发烧了也会坚持来，比如原来香椿树街梁家的老邻居王德基，他就是带病前来尽礼的，他的女儿秋红扶着他，王德基不停地打喷嚏，人老了，生理反应便有些奇怪，打一个喷嚏就流出一摊鼻涕，秋红便一直很紧张地察看她父亲的鼻腔，一边拿着纸巾替他擦鼻涕，一边向梁家的亲属说，他自己在发烧呢，病毒性感冒，唉，没办法，他这个人就是礼数重！
　　现在让我们看看从日产汽车中鱼贯而出的老街坊老邻居们，他们像是一群坐着厂车来上班的工人，在克渊的张罗吆喝下松散而熟练地向遗体告别大厅涌去，我打这个比方一点也不过分，有的人确实是一副要上流水线工作的打扮。尤其是以前住在绣花坊的三米的姐姐，据说她男人和梁坚是堂兄弟，也来了,可她干瘦的身体裹在一件肥大的蓝色工作服中,穿工作服也罢了,我认识的香椿树街的老朱和药店的福生穿的也是工作服,可人家在人堆里一点也不扎眼,三米的姐姐却是招人侧目,她的工作服上竟然还套了一对碎花布做的袖套,这是什么意思?怎么不再戴上口罩?好像她是来危险品仓库上班似的。

克渊对她的装束是最看不惯的,他拎了拎她的袖套,说,你干什么,上这儿来剁肉馅呢?

三米的姐姐也看不惯克渊,她向克渊翻着白眼说,你狗嘴里吐不出象牙,我是来剁肉馅的,剁你,把你剁成肉馅也是白忙,卖不出去!

克渊其实不善于和女人斗嘴,又有葬礼统筹的重任在身,一眨眼就不见了,三米的姐姐还不肯放过克渊,说,梁家没人了,让这个死东西来指挥我们,他也配?

旁边有人在说公道话了,克渊这人是不成器,不过心肠是不坏的,热心肠的人呀。

三米的姐姐一味地挑剔克渊的人品道德,倒是她男人看不下去了,在她背后捅她,说,把你的花袖套摘了。

三米的姐姐回头看看梁坚家的人,终于动手摘袖套,她是个心直口快的人,手上忙着,嘴里还在向一个女宾解释她的穿着的好处,最近也不知怎么了?死人多!隔几个星期往这儿跑一趟,跑一趟洗一次衣服,烦不烦呀?我就专门拣了一件不穿的,上这儿就套上。

三米的姐姐说着指指她丈夫,压低声音,他那件也是不能穿的，小了，你看裹在身上那样子，反正就是上这儿穿的，也不洗，平时挂在北面阳台上。

克渊召集亲属和宾客们排队，直系的亲属在最前面，别的亲戚和宾客们依次排成一个纵队。梁坚的老父亲耳朵聋了，戴着助听器，挂着个拐棍，让克渊一会儿拉拽到台阶上，一会儿又扯到下面，梁坚的姑妈和妹妹看不下去，说，克渊你手脚轻一点，他年纪大了，腿脚不好的。

克渊听不见似的，他在告别大厅的台阶上跳来跳去的，眼睛一直在四处张望，说，冷燕呢，这会儿她怎么不见了？×，哀乐马上要响啦！

有人说看见冷燕往洗手间去了，克渊就骂起来，这会儿还有这个闲空，他妈的，哀乐马上要响了，哀乐不等人的，你们谁快去把她喊出来呀！

也怪冷燕平时的人缘不好，这么关键的时刻竟然没有人自告奋勇，克渊一着急就把手里的三角旗塞给梁坚的姑妈，自己撒腿向洗手间跑去。

冷燕正好也从洗手间里出来了。

克渊这个人我们是了解的，他的情绪容易失控，他情绪一失控眼珠子会暴凸出来，很难看也很凶恶。

你在里面干什么？这么多人在等你，你跑到这儿来干什么？克渊几乎是咆哮着说，冷燕你太不像话了！

冷燕却天生不吃克渊这一套，拽了拽黑裙说，你管得宽，女人家上厕所你也管？

十六　你们是些什么野鸟　　105

克渊说，你早不上晚不上，偏偏这会儿上，梁坚现在跟你两清了，你装个样子也不会？你还有没有一点人味儿了？

也怪克渊不会说话，冷燕一下恼了，冷燕也不管宾客们都伸着脖子向这里张望，指着克渊的鼻子说，宋克渊，我告诉你，你少在这里跳上跳下装好人，梁坚怎么死的，他们蒙在鼓里，我可是清楚的，小心我当大家的面揭了你的老底，我放过你，公安不会放过你！

克渊向后面退了一步，他知道冷燕是什么意思，嘴上却不软，说，你这是什么意思？

冷燕说，你知道是什么意思。

克渊说，我不知道是什么意思。两个人就这么对立着往告别大厅去。

克渊说，你有脸说我？三万块救他一命，你就不肯拿。

冷燕说，三万块救不了他的命，只能救一天两天，他的命哪儿有这么贵？

克渊说，那还是你心狠嘛。

冷燕说，我心狠不犯法，你逼债逼死人犯法！

克渊说，你别怕，我又没有说你不肯拿三万块救他的命，绝对没说过，连德群那里都没说。

冷燕也不示弱，她说，你也别怕，我也没说是你逼他跳世纪钟的。克渊松了一口气，好了好了，我们别吵架了，现在也不是吵架的时候。

克渊看着冷燕裸露在黑裙外面的肩膀和手臂，冷燕的肩膀上有一个可疑的红印,让克渊顿时想起彩票办公室那个小陈肥厚的嘴唇和雪白的牙齿,克渊摇了摇头,告诫自己现在不是思想开小差的时候,他强行将目光转向冷燕手臂上的黑纱,发现那黑纱细细窄窄的,勒在冷燕白皙的浑圆的手臂上,看上去不像黑纱,倒像是一种设计师设计出来的装饰物,克渊的情绪突然又失控了,幸好这次他没有激怒冷燕,尽管他的口气是恶狠狠的,但话是有道理的。

冷燕我劝你一句,克渊说,一辈子就这一次,等会儿遗体告别的时候,你得哭几声,哭不出来,憋也要憋出几声,听见没有?克渊这时看了看那边的队伍,嘴里骂起来,怎么乱了?我不在他们排队都不会排!

克渊离开这么一会儿那边就出事了,早已经整顿好的队伍拧成了一团麻花。宾客们围着几个男人吵吵嚷嚷的,为其他死者送葬的陌生人竟然有哗变的,一脸好奇地向他的队伍里跑,那边打架了,看看去。

哀乐的前奏曲恢宏大气地响了一下,然后戛然而止,连殡仪馆的职工都出来了,一个个摇头啧嘴的,说,这家的丧事怎么办成这样?从来没见过的,看,快打起来了,打起来了,到火葬场打架来了!

有五个人站成一排,堵着梁家的宾客们,怎么也不让他们往告别大厅去。五个年轻的男子,模样看上去都不是本地人,其中三个穿着短裤和拖鞋,一个光着膀子,脖子上系了一块毛巾,唯一一个穿着衬衣的男子好像是这帮人的头,他手里一直挥着一张纸，嘴里叫喊着，欠条在这儿，还了钱就让大家进去，不还钱只好对不起大家了！

人们从来没有遇到过这样令人震惊的场面，追账追到火葬场来啦，这样的事情就是在电视新闻和晚报的奇闻怪事栏目里都没有见过。

克渊一路把阻挡他的那些愤怒和惊愕的宾客推开，冲上去揪住了那个穿衬衣的，你们是哪儿来的鸟？

克渊的手熟练地扼住那人的脖子，说，吃了谁家的豹子胆？啊，什么鸟敢到这里来闹事？

一看克渊来者不善，旁边四个人犹疑了一下，拥上来架着克渊，说，别动手别动手，大家都吃社会饭，商量一下把事情解决了，你们不就可以进去了吗？

克渊一挥手给了那人一巴掌，谁吃社会饭，以为我是跟你们一样的混混？你不认识我？你们是哪儿来的鸟？眼睛长在屁股上了，不看看我是谁？

啪啪几声就打起来了，先出手的是克渊，吃亏的也是他。别人不动，克渊一个人敌不过四个人，所以他的身体几乎被架到了半空中，克渊就在半空中腾出一只手，朝下面的一个人的额头上抡了一拳，解决你妈个×，克渊说，看我不把你们一个个解决了！

显而易见的是克渊对自己打斗能力的估计是浪漫的不切实际的，而梁坚家的人本应该站出来承担一切，不幸的是他们都不是合适的人选，梁坚的老父亲站都站不住了，老人坐在地上浑身发抖，用拐棍不停地戳着台阶，他的愤怒在宾客们看来也偏离了方向，没有指责那五个索债者的卑鄙无义，反而把满腔的悲愤洒向已经在大厅里安息的儿子，他该死，该死，老人的拐棍疯狂地敲击水泥台阶，这里欠钱，那里欠钱，送到火葬场还有人追过来，不死怎么办？他该死，该死三次，四次，该死一百次！

梁坚的姐姐泣不成声地扶着她父亲，她对死者倒没有过多的抨击，只是一个劲地说，气死了，给他气死了，一家人都给他气死了。

梁坚的姑妈这时算是清醒的，她跺着脚对队伍里那些男性宾客叫喊着，你们怎么在一边看？上去帮帮克渊，去帮他呀！

老妇人这么说男宾客其实也不公平，有几个一直在旁边对那批人拉扯着只不过缺乏力度和怒火，也就没能帮上克渊的忙，现在他们终于撸起袖子上去了，上去了很快退下来了，那个光着膀子的壮汉突然从裤裆里掏出一条自行车的链条锁来，像一个杂技演员一样舞动起那链条锁来，谁也别——过——来，他说话结巴，但语气是真诚的与人为善的，伤着谁——谁了——我——我不管。

克渊仍然被三个人的六条胳膊锁着，无法动弹，强烈的羞辱使克渊的脸涨得通红，由于呼吸不畅，克渊嘴里的脏话已经不再连贯，他的脑袋在六条胳膊的空隙中转来转去的，他在寻找冷燕。他依稀看见冷燕的黑裙在台阶上闪了一下，不知出于什么原因，克渊认为冷燕是在场者中唯一能够帮上忙的人，在万般无奈之中他突然大叫一声，冷燕，打手机，到火车站叫人！

宾客们都回头看冷燕，冷燕皱着眉头站在告别大厅的门口，一只手驱赶着围绕她飞舞的一只苍蝇，另一只手打开了她的蓝色的新款手机，三米的姐姐凑上去，提醒冷燕说，现在打到火车站找谁去？没用了，现在不比过去了，男孩子出去惹祸，一招一大帮人，现在我们那儿都拆光了搬光了，喊谁去？冷燕并不感激那女人的提醒，我怎么会听他的？冷燕说，我打110，报警！

就像风吹野火似的，冷燕的决断使宾客们中间响起一片呼应声，110，报警！110，报警！这正义的声音明显让那帮人惊慌了，他们下意识地放松了对克渊的看管，克渊挣扎着回到了地面，马上承担起他允诺的职责，他驱赶着宾客们，说，有我在，看谁敢闹事，你们快进去告别呀，抓紧时间，让他们放哀乐，快把哀乐放起来！

梁坚的姑妈和胖老王勇敢地带头冲进了大厅，宾客们随后纷纷拥了进去，他们急于看到城北地区有名的美男子梁坚死后的遗容，秩序有点乱。

有人把大厅里事先摆放好的花圈踢翻了，有人被推搡后不小心撞到了盛放死者的玻璃棺上，尖叫起来，秩序这么乱，大家才想起克渊没有进来。可是现在每个人的注意力都被死者梁坚的遗容吸引了，顾不上秩序。

人们从来没有见过这么栩栩如生的死者的脸，即使从世纪钟上高空坠落也没有破坏美男子梁坚令人嫉妒的仪容,而殡仪馆的美容师技艺也不错,她让死者红光满面,嘴角上绽开了一种自然舒展的微笑,也由于梁坚的家人知道梁坚的品位,他们没有拘泥于城北地区的传统,为死者穿上什么流行的带有福禄寿喜图案的长衫马褂,他们给梁坚穿上他与冷燕结婚时穿过的白色的西装,系了意大利进口的价格昂贵的领带,这种种因素加在一起,让死者梁坚看上去绝顶地俊美,绝顶地性感,甚至比他活着时更加风流倜傥一些。

有个年轻的女宾忍不住用异常惋惜的语气说,梁坚是走错了路,凭他的外形条件,没准可以在演艺圈发展的,没准会成大红大紫的大明星的。

有的女宾对死者的关注是敷衍了事的,她们更关注活人也就是死者亲人的表现,谁最伤心,谁最冷淡,这时候都会露出庐山真面目,谁为亲情在哭,谁为爱情在哭,谁为灾难在哭,谁为损失在哭,谁在痛哭谁在干嚎,这些细心而富有洞察力的女人一目了然,她们事先议论过冷燕会作何表现,她们一边看死者一边用目光搜索冷燕的黑裙子,可冷燕竟然也不见了,作为死者的遗孀,冷燕竟然又不见了。

三米的姐姐在这件事情上表现出她嫉恶如仇的天性,她这边看看,那边看看,嘴里不停地嘀咕,不像话,不像话!三米的姐姐决心要把她的看法向冷燕摆出来,不管怎么样,你们还是夫妻,梁坚死了,你装个样子也得来哭一哭,哭不出来也不怪你,可你至少来看一看,站一站,怎么能躲起来?

三米的姐姐有点冲动地跑到外面去，一眼看见冷燕和克渊，一个躺在台阶上，一个站在那儿打手机，三米的姐姐就意识到自己错怪人家了，应了一句真理，没有调查就没有发言权。三米的姐姐看见克渊满脸是血，他用手捂住自己的半边脸，露出一只眼睛，愤懑地瞪着天空，哪儿来的野鸟，×他婶婶的，克渊伤成这样还在骂人，他说，敢跟我叫板？敢跟我闹的人还没生出来呢。

冷燕还在打她的手机，她的手机上一只紫色的蝴蝶始终荡来荡去的，看上去那种塑料蝴蝶比主人更慌张更不安。

冷燕现在是拨打120急救电话了，120吗？急救中心吗？

冷燕的声音像波浪一样起伏着，先是平静的，继而突然严厉起来，火葬场有个意外伤害事故，这小姐怎么说话的？严重不严重？不严重找你们120干什么？他额头上被打出一个洞！

三米的姐姐跑到克渊身边，拨开他的手，一看他额头上果然有个洞，血还在向外面冒，三米的姐姐就尖叫起来，不好了，不好了，那边事情没完，这边又出事啦！一定是三米的姐姐尖叫声过于高亢，告别大厅里有人开始向外面拥。冷燕用厌恶的目光看着她，拜托，请你别叫了，她说，你还嫌追悼会不热闹呀？

三米的姐姐虽然有点后悔自己的失态，但她就是不愿意受到冷燕的谴责，她说，我也不是存心的，天生嗓门就大，我让他们别出来就是啰。

三米的姐姐虎着脸绕过冷燕，忽然站住了，她闻到了一股

112　蛇为什么会飞

浓烈的香味，香水？三米的姐姐忍不住吸紧鼻子，凑到冷燕脖子那里，尽管冷燕闪开了，但三米的姐姐还是瞪大了眼睛，你刚才是去搽香水的？

冷燕不肯回答这个敏感的问题，而三米的姐姐也无需她回答这个问题了，这个正直的女人怀着一种接近于世界毁灭的恐惧向大厅里走，只用夸张的感叹发表了对死者遗孀的全部看法。

男人死了还搽香水，我的妈妈呀。

十七　别惹他，他杀过人的

救护车一路鸣响喇叭把克渊送到了第六人民医院，第六人民医院在城郊结合部，医院内部和外部都是乱哄哄的，医院门前横亘着一个自发形成的农贸集市，集市上的那些小商贩那天看见从救护车上跳下来一个奇怪的病人，满脸是血，看他的伤情是被人侵犯了，看他的表情却像是刚刚杀了人似的，商贩们听见他指着车上的人在咒骂，你们就是一帮懒骨头，让你们替我包扎一下就行了，非要把我往这儿送，什么为我好？好你妈个×，我要做了你们的领导，把你们这帮老油条全炒了鱿鱼！

他们看见克渊气恼地抱着他的额头向医院里走，也怪小贩们不讲社会公德，他们的摊子几乎把通往医院急诊室的门堵死了，克渊顺手掀翻一个卖鞋垫子的妇女的摊子，又一脚踢倒了一个装满桃子的箩筐，两个贩子目瞪口呆，反应过来以后都去追克渊，旁边有个卖袜子内裤的中年男子好像认识克渊，说，别去惹他，那人我认识，千万别惹他！

不知道那小贩对克渊的了解是捕风捉影呢，还是故意平息事态，他居然给克渊戴上了一顶杀人犯的帽子，他说，东西捡起来不就行了？别惹他，他是火车站一带的，杀过人！

进了医院以后克渊的火气慢慢就消了，他知道他的懊丧是功亏一篑的懊丧，忙了一上午，眼看着忙出结果了，半路上杀出那帮程咬金，他忙来忙去连梁坚的遗容都没有看见。

可是看了又怎么样？死人的脸没有什么可看的，不如看个三级片，至少人都会动，至少都是女的。

克渊想开了就不再牵挂火葬场的事情了，没有他克渊，梁坚也会变成灰的。唯一可惜的是葬礼后的一顿豆腐饭泡了汤，现在吃死人的豆腐饭时兴吃荤菜喝白酒的，克渊本来还打算好好撮一顿呢。

医院里总是比别的地方凉快一些。克渊在急诊室里睡了一下，权当是睡午觉了。

两只大吊扇在急诊室天花板上呼啦啦地转动着，听上去像是有人躲在电动器里艰难地喘息。

气温和光线都适宜午睡。

克渊在梦中看见急诊室的地面上积满了水，一条蛇向他爬过来了，克渊梦见自己在威吓蛇，你来你来，看你咬我还是我咬你。他梦见自己激怒了蛇，蛇蹿了起来，火辣辣的一口，咬在他的手腕上，你当真咬我，看我不一巴掌劈死你！

克渊的梦被急诊室护士愤怒的声音惊醒了，你这个人怎么回事，躺在那儿像抽风似的，针又掉了，又掉了！

克渊睁开眼睛看见那个小护士板着脸在他手腕上插针。克渊顺从地把手腕交给她，把梦交还给自己。蛇，有蛇。他嘟囔了一句又睡着了。

此后他模模糊糊看见梁坚的脸在面前摇晃,他梦见自己在为梁坚的英俊白净的脸写字,37万,37万。他梦见三街十八弄的好多熟人站在他身后,一声不吭地看着,他一回头看见那么多人看着他,吓得把手里的粉笔扔了,他说,不是我写的,是他自己写的。然后他听见急诊室的小护士尖厉的声音再次响了起来,又掉了,针又掉了!这人到底是怎么回事?

克渊这次干脆坐起来,自己把手腕上的东西拿下来了。我怎么回事?

克渊说,你怎么回事,什么狗屁技术?你插的针一碰就掉。

克渊站起来就走,但是邻床有个人伸出一条腿绊他,而且是绊他的裤裆那里,克渊正要发怒发现那个男人很面熟,就凑上去看,一看果然是熟人,以前在火车站倒卖车票的疯大林,再抬眼,看见疯大林的妻子人称腰鼓的坐在一边打毛线呢,克渊就叫起来,疯大林,你们怎么在这儿?

那个疯大林一点也不吃惊,斜眼看着他说,你怎么在这儿?你睡觉和跳舞似的,把急诊室当舞厅啦。

克渊看见疯大林盯着他的额头看,不好意思透露实情,就编了个借口,说,×,最近倒霉,好好地走着道,建筑工地上落下来一块砖头!

疯大林却笑,说,是砖头砍的还是人砍的?现在这世道,大家的力气都留着挣钱,你倒好,火气还是那么大,佩服佩服。

克渊有点尴尬地摸了摸额头上厚厚的纱布，一时解释不清楚，说，你认识梁坚的吧？梁坚出事你知道吗？

疯大林说，怎么会不知道？死得风光，都上晚报了。

腰鼓在一边向她丈夫翻白眼，说，你眼红了，眼红你也跳去。

他妈的，亏他想得出来，跳世纪钟！疯大林半坐起来，说，我现在去跳世纪钟就跳迟了，什么事情都要抢先一步，我明天去跳世纪钟，晚报就不会报道了。腰鼓说，晚报不报道？让电视台直播，我替你联系去。

克渊发现疯大林面色很难看，床边悬着一个特大的输液瓶，他哪儿不好？克渊转向腰鼓问，他怎么像个老头了？差点没认出他来。

腰鼓说，哪儿都不好！你问他自己，他从头到脚，哪儿是好的？喝酒，喝酒，喝酒，没钱还喝，喝得酒精中毒，躺了两天啦。

哪儿都不好。疯大林说，×，我能挣钱的时候哪儿都好，挣不到钱了就哪儿都不好了，×，我哪天要去见市长去，为什么不让我们上火车站去，别的地方没整顿，怎么偏偏把火车站整顿了？我风里雨里站着，赚那点钱糊口，拔了谁的鸡巴毛了？

你这还不明白，火车站是窗口地区嘛，文明示范单位懂不懂？哪能让你们这些黄牛贩子败坏了城市的名誉，拔了谁的鸡巴毛？哼，你把主管领导的鸡巴毛挨个拔啦。

疯大林不吭声了，他注视克渊的眼神有点茫然，有点崇敬。

克渊你现在混好了啊？疯大林突然说，你跟着德群混是混对了，我当初跟错人了，跟着三霸，跟上了个枪毙鬼，脑袋现在还架在脖子上算是走运的了。德群公司怎么样？你帮我个忙，在德群面前美言几句，让我也去那儿混口饭吃算了。

克渊明显对疯大林的要求没有准备，但克渊就是克渊，他不善于搪塞更不会敷衍，我们大家都可以为疯大林夫妇作证，克渊当时是向他们拍了胸。

小事一桩，他确确实实拍着胸说，没问题，包在我身上。

或许是不易兑现的承诺使克渊顿生离意，他躲开腰鼓充满感激之情的眼睛，躲开了疯大林热情挽留的一条腿，你腿往哪儿顶？

克渊把疯大林那条腿搬回去，说，走了走了，公司里还有好多业务要做。

坐在门口的小护士这时拦住了克渊，说，你是急救中心送来的病人，不能这么走了，家属呢？家属得签字。克渊站在门口，看着那个小护士，突然嘿嘿地笑起来。

她要我的家属，克渊对那边的疯大林和腰鼓说，你们告诉她，我的家属在哪里？

那边的夫妇没说话，克渊自己用一种夸张的快乐的声音说，告诉你，小姑娘，我的家属都死光了，我自己就是我的家属！

小护士用一种憎恶的目光看着克渊离开急诊室，说，神经病。

然后她转过身问腰鼓，说，你们是熟人？他脑子有问题吧？

腰鼓的回答很客观也很实在，说，他没开玩笑，他家里是没人了，一个一个死，死光了。

小护士有点错愕，或许从来没见过这么不幸的人，她说，是遗传基因不好吧？

腰鼓不懂遗传基因，她说，我们那儿的人说克渊一家人都是让他气死的，是克渊的八字走了白道，八字走白道，专门害别人，害不了自己，你看他自己活得不是很好？一个月挣一千多呢！

小护士说，迷信，现在谁信这一套？他这种人能有什么前途，迟早要被社会淘汰的。

腰鼓对淘汰的含义一知半解。他这种人不好惹，淘汰我们容易淘汰他他能答应？动刀子的！这个人呀，叫个——不说不说了——腰鼓意识到她不能对这小姑娘说难听的脏话，便闪烁其词起来，反正就是那种人，凶是很凶，可没人看得起他——不，有人看得起他，要使唤他——反正他快四十的人了，就是没有姑娘肯嫁他——哎，小姑娘，我倒想起来了，你们医院里有没有合适他的？嫁不出去的老姑娘也可以交往一下的。

腰鼓看见小姑娘给了她一个冷眼，气呼呼地背过身去：

没有，一个也没有！

腰鼓自知说话伤了人家的自尊，就不再提老姑娘的事了，腰鼓向丈夫做了个鬼脸，伏在他耳边说悄悄话，克渊仗义，我们也得帮人家的忙，他不是说包在他身上吗，你如果也进了德群的公司，我就帮他找个老婆，跑断腿说烂嘴也给他找一个！

腰鼓没有想到疯大林咯咯地笑起来，你就别瞎忙了。疯大林说，这家伙是银样镴枪头，他不行。他怪得很。小三告诉我的，他只有火车开过的时候才行，火车声音一过去他就不行了，他有个绰号，三十秒！

也难怪人家腰鼓在得知了这个秘密以后笑得前仰后合的，如果这个秘密属实的话，确实有点令人发笑。

大家现在先别忙着笑，也别忙着露出那种恍然大悟的表情，火车站地区从来都是谣言满天飞的，一切尚未经过鉴定和证实——但是坦率地说这种隐私是最难鉴定最难证实的，何况一个人的性生活如果与火车产生瓜葛，那也未免离奇了一点，像是美国电影里的事情，而我们所了解的城北地区的居民，我们所了解的顺风街的克渊，他们连美国电影都很少看的。

让我们去问问克渊怎么样？

开玩笑的，除非你是欠揍了。

十八　金发女孩在出站口等待

那个金发女孩已经引起了车站方面的注意，她像一只大花瓶一样站在出站口的栏杆外面，两条丰腴的胳膊撑开来架在栏杆上，占了很多地方，她的性感的胖瘦适中的身体微微前倾，似乎是在一条海轮上凭栏眺望海景。

列车到站的时候旅客们从闸口拥出来，旁边冷眼观察的人会发现那金发女孩的身体突然直立起来，踮起脚尖，在人群的肩膀和脑袋的空隙里左顾右盼。有人妨碍她的视线时，她去推人家，人家当然不愿意受到如此粗暴的对待，猛地嚷嚷一声，你推什么？金发小姐就轻蔑地撇撇嘴，说，我推你？我稀罕你呀？她侧着身子傲慢地走到另一边去，继续在人流中搜寻她的目标，她一边紧张地张望着，一边埋怨道，挤死人了，哪来这么多人，讨厌，人比蝗虫还要多。

金发女孩有时背一个时髦的小包，有时候戴一顶帽子，手里拿一只矿泉水瓶子，有时候她空着手在出站口枯站着，但是车站方面的人始终没有看见她等到一个属于她的旅客。他们回忆起新车站落成前火车站出站口流莺出没强拉客人的不文明景象，不免有点担心金发女孩的出现会不会是一枚可怕的信号弹，预示着出站口的色情交易将卷土重来，使新火车站文明示范单位的金字招牌再次蒙羞。

治安员甚至出站口的检票员都动员起来，悄悄地监视着金发女孩。如果有个风吹草动的，他们准备了多种应对措施，目的只有一个，绝不让这个身份可疑的金发女孩玷污了新车站的荣誉。

六月二十三日，天气预报说江淮地区的梅雨季节结束了，但现在的天气预报也不能完全信任，六月二十三日的傍晚天空仍然是灰黑色的，雨怀着对抗天气预报的无聊的心态，顽固地不紧不慢地下着，空气变得闷热而凝滞，出站口的一群人都躲在行李寄存处局促的屋顶下，侧着身子，向出站口这里张望，北京开来的一列特快列车马上就要进站了。

金发女孩打着一顶粉红色的广告伞，站在那一堆人里。车站方面的人都注意到了她烦躁不安的样子，这么站也不好，那么站也不好，他们看见她的伞像一只愤怒的蘑菇到处开放，到处都有男子挤着她，依仗着躲雨这样的背景，有的男子一定是与金发女孩做了过度的不必要的皮肤接触，金发女孩的身体于是一直处于运动之中，她的胳膊肘向这儿捅一下，向那儿捅一下，雨伞也不分青红皂白地刮过一些人的脸，看她气恼的样子分明是在抗议，看她的胳膊和雨伞，似乎要把所有的人都赶跑，留下她一个人才好。

有的人是无辜的，让她推来搡去的，就把气撒到她的雨伞上，车站方面的人突然就看见那把伞像鸟一样飞起来，刚飞起来又落下来了，金发女孩尖叫着冲到雨地里来，然后他们亲眼目睹了金发女孩野性的带有乡村风情的行为，她收起雨伞用伞尖去刺一个中年男子，像一个被激怒了的剑客，剑法和步伐是混乱的，但愤怒形成了超常的力量，那个矮小的长相有点类似老鼠的男子很明显被多次击中，他一只手捂肩，一只手捂着肚子，气急败坏地冲上来向金发女孩踢了一脚，金发女孩却身手敏捷，跳了一下跳到雨地里来，她脸色煞白，以伞为剑，指着那个男人，说，你来，你来，看我不把你这头骚公猪给骟了。

金发女孩在这里使用的是她家乡的方言，众人一时没有反应过来，都后退着给中年男子腾出地方，看他如何应对，可是那男人也不知是心虚还是怎么啦，他临阵退缩了，做出一副好男不和女斗的样子。

这女人是鸡，我一眼就看出来了，她还在这儿假正经呢。中年男子向四周征求着旁人的声援，他说，你们难道看不出来，她在这里整天转转悠悠的，要做什么生意？

也许金发女孩是犯了众怒，旁观者都对中年男子是否如报纸上常报道的进行了性骚扰忽略不计，他们虽然有各自的立场和观点，但却是在中年男子提供的议题中发言。

是。是鸡。可能是鸡。有点像鸡。

他们现在更加专注地观察着金发女孩的仪态和着装，有的甚至把脖子伸长了去仔细研究她的臀部和髋部，结果形成了以上四种基本意见，也有表示异议的，声音听上去却比较软弱、缺乏把握，也不一定吧，人家说不定在这儿接站呢。

接什么站？中年男子在得到了呼应以后情绪饱满了许多，而且开始有兴致使用文字游戏了。接什么站？是接客！

他得意地向他的支持者挤眉弄眼的，说，他妈妈的，一定是养鸡场跑出来的一只鸡，到我们这里来捞钱？我们这儿天天严打，第一枪打的就是你们这些鸡。

几个治安人员对这起突发性的事件都没有防备，他们本应该出面制止新车站范围内的所有骚乱，可是这次骚乱毕竟特殊，一是影响波及的范围只是出站口这块地方，二是他们不得不对一句至理名言加深了认识：群众的眼睛是雪亮的，你们还以为你们才火眼金睛呢，人家群众一眼就看出她的问题来了。

车站方面的人按兵不动，更重要的原因在于他们已经分不清这起事件中到底谁是受害的一方，谁是肇事的一方了。

金发女孩在雨地里站着，她在倾听那群人对她的议论，六月最后的雨点打在她的金发上，金发依然是金发，雨点打在女孩煞白的脸上，那张脸泛出一圈湿润而模糊的水光，雨是不偏不倚的，它对每一个淋雨的人说，躲雨去躲雨去，淋病了我不管。可金发女孩不再躲雨，她连雨伞都不要了，她尖叫了一声，向行李存放处门口聚集的人群投出她的第一颗炸弹——她自己的雨伞。

你们才是鸡，你们都是鸡，你们一家人都是鸡——我不是鸡！

你们满城人都是鸡，你们两百万人都是鸡——我不是鸡！

车站方面的人这时已经准备过去解救金发女孩了,她这么一骂人家立刻打消了此念,这个姑娘岂有此理,怎么可以这么打击一大片?世界上有各种各样的骂人方法,从来没有她这个骂法,一句话骂了一个城市,一句话骂了两百万人口,一句话把大家的妻女姐妹包括老母亲都骂了,他们都是鸡,我们都是鸡,他妈的,岂有此理,你倒不是鸡了?

从来没见过如此冲动的金发女孩,她哭着叫着在地上找什么,大家知道她在找瓦片砖块,还要报复动粗嘛,可火车站地区这么干净,她上哪儿去找这些东西?

大家先是乱了一下,很快安定下来,看这个野蛮的姑娘到底能野蛮到什么程度。大家都看着她,就像一群观众看一幕惊险的电影,知道结局是没事,但忍不住地感到心慌和刺激,睁大了眼睛看,冒着一定的风险看。

他们看见金发女孩向火车站四处张望着,她的目光在售货亭摆放成一排的饮料瓶上停留了一会儿,大概以为那东西砸人解恨吧,可是售货亭里的营业员也在瞪着她呢,人家做点小生意过日子的,总不会无偿提供你一批饮料瓶做凶器对吧?

金发女孩幸好还没有抢劫的胆量,她的目光从售货亭那里怨恨地收回来,然后她在雨中蹲了下来,开始呜呜地抽泣,危险过去了,出站口的人后来一直看她在哭,她哭起来的模样很难看,嘴向下咧,眼睛是闭起来的,看上去像个七八岁的小姑娘,迷路了,蹲在那儿哭呢。

后来世纪钟敲了七下,此时准确的北京时间是六点三十五分，北京来的火车按照北京时间准点进站了。

雨恰好也停了，等候在出站口的人都拥到了出站口的栏杆外面，他们把金发女孩一下子湮没了。

大家暂时忘记了刚刚发生的插曲，怀着迫切的或者平淡的心情迎接从北京来的旅客，平心而论，大家冒雨来到火车站，也不是故意来跟金发女孩过不去的，都是来接站的，即使有目标不定的，人家也是为闲置的旅馆客房或者自己的人力车来拉客源的，都有正事。

北京来的火车上总是会下来好多旅客。不过隔了几分钟，几个治安人员在闸口这里向外面张望，忽然看见金发女孩显眼的金发在人丛中若隐若现的，好像一棵折断的向日葵在暴风雨过后又挺起了腰杆，而且他们注意到女孩手里拿着一面小镜子，一边盯着出站的人群，一边慌忙而迅速地在往脸上敷粉。

几个治安人员都是有过婚恋经验的男人，他们在人流制造的噪声中大声地交流对金发女孩的最新看法，一个说，不一定就是鸡，可能是个痴情的姑娘，在等男朋友吧？另一个对金发女孩的看法虽有更新，但仍然带着点歧视，他说，什么男朋友？肯定是情人，这种女孩，都傍大款的。

这是金发女孩在火车站的最后一次等待。在出站人流渐渐稀少的时候，车站方面的人几乎都注意到金发女孩焦灼的眼神忽然掠过一道闪电，来了，等到了，她一定是等到了那个人。

他们循金发女孩的目光搜寻过去，看见一个留长发穿着帆布裤子的青年，拖着一个硕大的铝皮箱子走到了闸口。

出于众所周知的原因，几个治安人员都向那个男青年多看了几眼，我们必须承认这是一个气度不凡的新时代青年，一定在从事与文化艺术有关的工作，至于他的铝皮箱，那也不是普通的旅行用具，里面装的也许是一台进口的摄像机，也许是摇滚歌手常用的音响设备，当然谁都知道如今社会最富裕的就是从事艺术的人，所以也不排除铝皮箱子里装的是钱。

所有人都知道金发女孩在向那个男青年招手，那个男青年却不知道，他向后面看，这么迟钝的反应让人心生疑窦，不像是一对久别重逢的情侣嘛。

他们看见金发女孩对男青年的反应也很不满意，她跺了跺脚，嚷嚷道，姚导，你不认识我了？我是沈阳的玫瑰玛丽呀！

男青年终于站在闸口外面，放下了箱子，然后他从容地端详起金发女孩来了。

你怎么认识我的？他用两根手指梳理着肩头的长发，说，沈阳的？什么玛丽？玫瑰玛丽？沈阳我认识好多女孩，不认识玫瑰玛丽。

北方百老汇你记得不？北方百老汇的玫瑰玛丽，你不记得我了？

金发女孩用一种失望而惊恐的眼神看着男青年，看上去快哭了，她从牛仔裙的小口袋里掏出一张名片，不记得我可不行——不行！是你给我名片让我找你的，我在这儿守你好几天了，说一声不记得就行了？不行，你自己看，是你给我的名片，在向阳村吃夜宵的时候，你给我的名片！

十八　金发女孩在出站口等待　　127

是我的名片。男青年摸着他的下巴，目光炯炯地看着金发女孩，他说，我走南闯北地拍片子，到处撒名片，可我确实不记得你了，很抱歉，一点印象也没有。

一点印象也没有？金发女孩的声音听上去像是在吵架了，你说我像张曼玉的，你说我可以在广告里做她替身的！或许是受到的打击过于沉重，金发女孩跺起脚来，她说，气死我了，你们这里的人，要把我气死了！

你一点也不像张曼玉。男青年是有绅士风度的，你女孩子失态了，他仍然保持着微笑，他审视着金发女孩，说，张曼玉的眼睛哪儿有你这么大？她是单眼皮，张曼玉的鼻子也不是你这个形状，我是靠眼睛吃饭的人，再走眼也不会说这种糊涂话。别捂脸，让我看你的鼻子，哎，你的鼻子垫过的吧？

我做了整容手术。金发女孩惶惑地遮盖住自己的脸，她说，姚导你是说我现在不像张曼玉了？我整了容反而不像张曼玉了？

不像。一点也不像。男青年说，我见过不少女孩子做整容的，你整得效果不错，可就是不像张曼玉。倒有点像那个宫雪花。

我不要像宫雪花。金发女孩这么嚷了一声就又哭了，她一哭就站不住了，蹲下去坐在男青年的箱子上，她说，我上当了，我让他们按照张曼玉的样子做的，他们把我骗了，我要去告他们，告他们，告他们。

事情发生得突然，它的蚕茧抽丝似的过程也复杂了一点，车站方面的那些人听得云里雾里的，治安员对治安以外的事情知之甚少，他们问女检票员，张曼玉是谁？

女检票员抢白他们，张曼玉你都不知道？电影明星！

又问，那个宫什么花是谁？

女检票员说，宫什么花？宫雪花！你们这些人看电视看哪儿去了，张曼玉不知道，宫雪花不知道，那么有名的港台明星不知道，家里买电视机干什么的？

而那边的男青年终于有点失去耐心了，失去了耐心便也失去了风度，因为金发女孩赖在他的箱子上不肯起来，所以他一直在说，起来，起来，声音从温和渐渐变得严厉，最后是暴怒了，人暴怒的时候做事情会失去分寸，男青年突然一把将金发女孩拽了起来，起来吧你，我没有时间跟你泡，他拉起箱子就走，说，你这样的女孩我见多了，外面要多少有多少，说漂亮有点漂亮，说美丽又不够美丽，通俗得很，我劝你一句，回老家去，该干什么干什么，别在外面浪费你的青春了。

车站方面的人看见金发女孩捏着胳膊，她的胳膊大概被男青年弄疼了，金发女孩满面是泪，追着男青年跑了几步，姚导姚导，你不能这样就走了！

但那个年轻的姚导不再理会她，拉着行李箱光明正大地向出租汽车站点走去，头也不回。

他们看见金发女孩一直追到世纪钟那儿，终于站住了。

暮色中可以看见她牛仔裙上的金属饰片在闪闪发光，而金发女孩的金发远看过去是暗红的一团。她站在那里，双臂环抱

十八　金发女孩在出站口等待　　129

着肩膀,好像怕冷似的。

治安人员现在对于金发女孩放松了警惕,一个说,不是鸡,不管她了。另外一个却一直饶有兴味地观望着她,嘴里召唤着他的同伴,快过来,过来,你看她要干什么?

金发女孩仰着头看世纪钟。

她在车站广场短暂的暮色中仰望着我们城市的世纪钟,其动机扑朔迷离。

由于不久前发生的梁坚事件,治安人员心中阴影犹在,一个说,软梯早撤了吧?另一个说,早撤了,管委会的人给上面训得狗血喷头,上面说,世纪钟情愿不修,也不能给厌世的人提供方便,影响太不好了。可是凡事谨慎一点的好,两个人最终还是向世纪钟那里走过去了。

其实是误会。金发女孩不知从哪儿买了一根甘蔗,人们买了甘蔗便嚼甘蔗,她不是,只嚼了一口,甘蔗不甜她就火了,她挥舞那根甘蔗,向我们的世纪钟发起了疯狂的进攻。

甘蔗从左侧右侧正面反面抡打我们的世纪钟,很明显她是在借助甘蔗抡打我们这个城市,抡打我们这个城市的道德基础,简直莫名其妙,如果我们这里有人伤害了她,关世纪钟什么屁事,我们的世纪钟尽管质量有点问题,可它耸立在火车站广场是作为一个文化标志的,碍她什么事了呢?

六月二十三日黄昏,雨后,火车站广场有好多人看见一个金发女孩用甘蔗打我们的世纪钟,金发女孩满面是泪满眼是恨,一根甘蔗反复抡打着世纪钟的花岗岩底座。

照理说这样的袭击就像苍蝇进攻大象枉费力气,可是世纪钟由于遭受了过多的非议,心情也不好,一根甘蔗居然把它敲疼了。人们正对这个女孩的健康状况议论纷纷的时候,世纪钟的容忍和仁慈到达了极限,世纪钟的愤怒像火山一样突然爆发,当当当当当——世纪钟异常粗壮响亮的钟声与其说是对金发女孩恶行的呼应,不如说是对我们大家的警告:尽管我报时不准,可我是世纪钟,请尊重我,请爱护我,请不要蔑视我,更不得侵犯我!

当当当当当当——世纪钟以它的高科技构造系统和钢铁的意志与失去理智的金发女孩对峙,你打我敲,你敲我打,谁赢谁输恐怕不用我多嘴,大家也看见了,金发女孩最后丢掉了溃烂的甘蔗瘫坐在地上,她失败了,这失败是必然的,人们看着金发女孩坐在世纪钟下面抱头痛哭,没有一个人上去安慰她,去安慰一个污辱我们城市的女孩?谁这么傻?

有人心细,由于本地媒体对世纪钟性能和运转中的问题作过多次报道,他们在六月二十三日黄昏清点了世纪钟的钟声。有人的统计是九百五十响,有人的统计是超过一千响,但不管谁的数字更准确,世纪钟无疑有能力在二〇〇一年新世纪来临时敲2001次,正如修建世纪钟前有关方面的许诺,让本市的市民聆听2001次钟声迎接二〇〇一年。

此前人们对世纪钟在新世纪来临之际的表现是忧心忡忡的,但现在人们普遍打消了这个疑虑,既然世纪钟在六月二十三日敲了一千响以上,那么它一定是有潜力在十二月三十一日敲 2001 次的。

让我们饶了这个来自北方的金发女郎，也不必去追究她的行为背后潜藏着什么险恶的用心，就拿六月二十三日的事情来说，就说世纪钟，凡事有一弊必有一利，用我们城北地区粗俗的民谚来说，叫做左脚踩了屎，右脚踩了皮夹子。

一个不可否认的事实是：六月二十三日以后舆论对世纪钟管委会的质询和批评缓和多了，后来几乎没有了。

十九　美丽城与金发女孩

早晨美丽城里的两台电梯忙碌地升降着，把一些衣冠楚楚的男人和穿流行色的女孩子送到城市的上空，把他们送到云端里的办公室，这些习惯了高高在上的年轻而知识化的一代人，他们夹着黑色或棕色的公文包，穿着这个夏季流行的天蓝色西装套裙和坡跟皮凉鞋，错落有致地站在电梯里，以德尔斯公司的营销主管萧小姐为代表的美丽城白领，以他们的文化、教养、个人风度甚至化妆术征服了一个人的目光，当萧小姐他们安静地仰望着电梯的红色指示信号时，金发女孩却在打量萧小姐自然的看似未经修理的发型，打量她的雍容华贵的直筒裙，蒲公英遇见牡丹一般会自叹弗如，金发女孩缩在电梯一角，把超短牛仔裙向下面拽了一点，让裙沿遮住大腿，可牛仔裙天生是短的，金发女孩的两个圆鼓鼓的膝盖和小部分大腿仍然暴露在外面，如果有人专事比较女孩子们的腿，金发女孩所忧虑的问题便暴露出来了，可是电梯里的这一代人与火车站出站口的那批人不一样，谁也没有在意金发女孩过于裸露的穿着，倒是金发女孩目光有点肆无忌惮，她不仅偷偷地研究了萧小姐的薄型丝袜，而且差点像一个不正经的男人那样，从萧小姐上衣的袖管里偷窥人家有没有把腋毛剃了，幸亏萧小姐对于别人的目光是很留意的，她整理随身听耳机的动作也很短暂，小姐你到几楼？她向金发女孩莞尔一笑，说，这是十九楼，再上去就没有公司了。

萧小姐的提醒让金发女孩慌张地向电梯门那里挤出去，我到十九楼，金发女孩一跳跳出了电梯，对萧小姐说，你们这里，有没有招聘新员工的？

我们公司不招聘。萧小姐说，你看到哪家公司登招聘广告就上哪儿去，你什么专业的？

金发女孩一时答不上来。我没有专业，她站在电梯口向德尔斯公司的办公区张望着，你们是什么专业？办公室这么干净？她说，我是跳舞的，我是一个——舞蹈员。

哪一类的舞蹈？萧小姐对舞蹈是懂行的，也是有兴趣的，芭蕾？民族舞？现代舞？她打量着金发小姐的身材和腿，微笑了一下，你不会是跳芭蕾的，我肯定，看你的身材比例，看你的骨骼，也不像跳民族舞的，你大概是跳国标的吧。

萧小姐在舞蹈领域的知识让金发女孩感到窒息，可出于自尊自强的天性，她还是傲慢地说，我哪种舞都会跳一点，芭蕾也没什么了不起的。

但萧小姐对于金发女孩已经是心中有数了，她带着一点歉意说，会跳舞恐怕不算什么专业技能的，你不该上这儿，去顺——萧小姐说到这儿所有的热情便烟消云散了，顺风街这个地名只说了一个字,她就放弃了。她从金发女孩的眼神里看见一种戒备和敌意,很明显这个来自外地的金发女孩与她一样对顺风街抱着相似的偏见,那就算了嘛,不关我什么事。萧小姐于是耸了耸肩,做了一个爱莫能助的手势,她向她的公司走去的时候,听见后面的金发女孩惊慌地叫了一声,小姐,麻烦你帮我开一下电梯!

她不会开电梯?一个金发女孩不会开电梯!

这个事实让萧小姐感到有点好笑,你不会开电梯?真的不会?

萧小姐走回去替金发女孩按了一下电梯的按钮,由于强弱对比过于明显,萧小姐对待金发女孩的态度发生了由衷的改变,她几乎是用一种哄孩子的语气问她,小姐从哪儿来?

金发小姐躲着她的充满爱心的眼神:北京呀。

一片诚意换来的仍然是欺骗,萧小姐没有计较,她只说了一句,听口音不太像北京人嘛。

金发小姐这次回避了敏感的话题,她茫然地看着电梯的红色指示灯,这么高这么大的一栋大楼,这么多公司,怎么都不要人呢?萧小姐现在像一个耐心的教师在指点一个不开窍的学生,不是不要,是要专业人才,都要学历的!

她这么说着忍不住叹了口气,她也不是故意往人家伤口上撒盐,没有办法,你这个女孩虽然时髦漂亮,少一窍嘛。

然后是一阵沉默,忙碌的电梯正在隆隆地往上升。

金发女孩斜倚着墙,她的身体在传播内心的失望,眼神却

十九 美丽城与金发女孩　　135

很明亮，她直视着萧小姐，你很好看，你有点像张曼玉的。

萧小姐笑起来，从来没人说过我像她，我倒觉得你有点像张曼玉，颧骨特别像，嘴巴也像。

然后萧小姐便看见金发小姐忸怩地红了脸，眼睛里充满了知遇之情。

电梯正在升向十九楼，金发女孩在她的上衣上摘一枚蝴蝶胸针，萧小姐正要鼓励她，对了，摘了它，别在那儿多俗气。可是聪明的萧小姐很快就惊讶了，她怎么也没想到对方要把胸针送给她。

这位小姐，我看你是好人，最顺眼了，金发女孩说，你拿着这胸针，配你的衣服，很好看的。

萧小姐下意识地去推她的手，力气却不如她的大，她听见金发女孩有点发急地说，不是便宜货，是我在沈阳的大商场里买的！

萧小姐仓促间收下了金发女孩的胸针，在她的朋友圈里从来没有这么唐突的礼物，所以萧小姐的尴尬不安我们是可以想见的。

她拿着胸针不知如何是好，突然就眼睛一亮，给金发女孩指了一条求职之路。

去十三楼的拉特公司，萧小姐说，你到十三楼拉特公司去试试，我不敢保证他们一定要你，但只有他们公司不是专业的正规公司，他们那里什么人都有，一个女的也没有，没准会聘用一个女秘书的。

七月的一个炎热的上午，金发女孩来到了拉特公司。

金发女孩站在拉特公司门口，看见办公室里一片烟雾，里面的三个男人，一个在靠窗的地方看报纸，两个人蹲在一张茶几边正在下棋。

下棋的两个人首先抬头看她，让金发女孩纳闷的是他们与别的公司不一样，他们不问你找谁，他们都回头去看窗边的那个男人，说，德群，有小姐来了。

二十　拉特公司与金发女孩

克渊看见一个金发女孩冒失而坚定地闯进公司,他第一眼就觉得女孩面熟,对三三说,这女孩?哪儿见过的?

三三一直坏笑着看女孩的腿,他低声说,哪儿见过的?反正不会是客户,你一定在顺风街见过的。

他们以为金发女孩是德群在哪儿泡过的妞,德群还这么虚伪,说他从来不在外面乱来。结果证明他们错怪了德群,金发女孩热情而急迫地走向德群,德群却不认识她,德群一贯会装蒜,但这次克渊看出来他不是装,他确实不认识金发女孩。

我不认识你。小姐是谁派来的?

谁派来的?金发女孩摇摆着身体,说,我自己派我来的,听说你们公司在招聘员工。

谁说我们招聘员工的?德群说,小姐你一定弄错了,我们这儿从来不招聘,我们这儿的业务跟别人不一样,都是——专业的——人才,不要小姐。

我也是专业的人才,你怎么知道我不是专业人才?

你哪方面专业?德群的笑容看上去有点坏,他打量着金发小姐的上身和下身，目光时而放肆时而收敛，我看你的打扮气质——德群欲言又止，自己否定了自己的判断，也不一定，他说，现在女孩子也跟国际接轨，穿得像那个——什么，不一定就是——小姐你是学外语的，英语还是法语，日语会不会？

会一点。金发小姐扭过头看着窗子，说，都会一点。

德群嘴里就迅速冒出一串铿锵有力的音节，是日语，大意是你这么漂亮的小姐跑到这儿来干什么？来做那种事是不是？你一个钟多少钱呀？

金发小姐有点发窘，她低下头说，听不懂，大哥，我外语忘得差不多了，我的专业其实不是外语，我跳舞，我是跳舞的，我是舞蹈员。

你是什么员？舞蹈员？德群有点好奇地看着金发女孩，舞蹈员就是跳舞嘛，怎么跑到我们这儿来？我们又不是歌舞团。你们歌舞团解散了？

就是，解散了。金发女孩擅自绕过德群的大班台，走到窗前向外面的车站广场俯瞰着，这儿风景多好呀，能看见那只大钟！她欣喜地叫起来，什么都能看见，好像站在山顶上！

小姐你从哪儿来？德群站起来，锁上了打开的几只抽屉，小姐去过东京吗？没去过吧，这地方算山顶，那你上了东京银座的大厦就要晕过去了，以为是站在月亮上呢。

东京我差点就去了，后来签证没办好，就没去成。金发小姐并没有被东京这个庞大威风的地名吓倒，而且还表达了她对那个异邦城市的看法，她说，东京人时髦是很时髦的，可是体

二十　拉特公司与金发女孩　139

型不好，女孩子都是罗圈腿。

偏见，你见过多少日本女孩子？德群轻蔑地笑起来，有的话他不好说，他就用眼神瞟那边的三三和克渊，那边的回应很及时，别跟我们老板谈日本，人家在日本留学了六年！是三三的声音。

我们老板是日本通，差点和日本小姐结婚！后面的那个人不免有点画蛇添足，是克渊的声音。

不到六年，五年零九个月。德群纠正道，小姐是北方人？听口音是东北人？

不是不是。金发女孩说，我北京人。

北京哪儿？哪个歌舞团下来的？德群说，北京的歌舞团我知道，国家养着呢，怎么会解散？小姐你到底是哪儿来的？

这位先生怎么这样说话？好像我是个骗子，金发女孩这时不知是慌乱还是矜持，她在德群的转椅上坐了下来，你们到底聘不聘我？聘我我就告诉你们，不聘我我凭什么告诉你们，说了也白搭。

德群没有来由地笑起来，他向克渊三三那儿瞟了一眼，好像是发射了一颗什么信号弹，三三马上辨别出了它的命令，歪着肩膀凑上去了。

克渊慢了一拍，所以克渊后来一直就挤在三三的身后研究金发小姐，他说，好像在哪儿见过的，见过的。

你跳舞的？三三的目光亮晶晶地照耀着金发女孩的身体，他说，跳一个给我们看看？

没有舞池——没有舞台怎么跳？金发女孩说，再说了，你们不聘人，我为什么要给你们跳？我又不是大街上扭秧歌的老妇女，随便跳随便看。

你怎么知道我们一定不聘人呢？三三说，现在聘人也不是随便聘的，要对口，要面试对不对，你不跳我们怎么知道你是什么水平？

金发女孩仍然坐在德群的椅子上，但她的身体紧张地绷紧了。她为难地看看三三，又看看德群，说，不行，我不听他的，你是老板，他是马仔，我不听他的，我听你的，你让我跳我就跳。

德群也有点为难，看得出来德群的微笑不过是掩饰他的心猿意马，他让你跳你就跳嘛，跳一下又没有什么损失的。德群整着他的领带说，看你的样子很开放的，怎么做事情这么保守的？

金发女孩犹豫了一下，问德群，跳什么？我跟你跳个曼波好不好？

什么曼波？德群说，我就会跳两步的。三三，你会不会跳曼波？你来跟她跳一个试试？

三三这个家伙我们是知道的，极度崇拜女性身体的人，有这个机会自然不会放弃。他果断地把金发女孩拉到了房间中央，我跳得不好，不过什么都会两下。三三的两只手极其迫切地按在金发女郎的髋部，但人家把他的手甩掉了。

不是两步，你听错了，不是慢步，是曼波！金发女孩半嗔半怒,她重新抓住三三的手,准确地摆放在她的腰部,刚放上去便再次甩了那两只手,喂,这位大哥拜托你了,别捏我好不好?我不是布娃娃,随便让人捏。

她抬头向天花板上翻了翻眼睛,表示了她对三三轻佻之举的不满,这么站了一会儿大家都扫兴,金发女孩也看出了大家的扫兴,她用手指替代熨斗熨了一下她的衣服,低着头说,没有音乐嘛,跳曼波,没有音乐跳不起来的。

三三的手不屈不挠地向金发女孩的腰上游过去,哪来那么多的讲究?三三的细长的身体藤蔓似的缠住了金发女孩,他说,不就是跳一下嘛,没有音乐,也可以跳的。

三三的脑袋热情地贴紧了女孩的耳朵,他向德群挤了挤眼睛,又向克渊使了个眼色:克渊克渊,闪开一点,别绕着我们转悠,妨碍我的娱乐。

金发女孩开始是跟着三三混乱的舞步走的,她忍辱负重的表情和轻巧娴熟的舞步结合在一起,让人想起艺术家下基层与人民群众的联欢。但是很快她将搭在三三肩上的那只手抽走了,她捂着嘴在三三的肩膀上笑。

她笑什么?德群问克渊。

你别得意,人家在笑话你呢。克渊对三三说,你跳舞像一只鸭子被人撵着跑,你就不能潇洒一点?

我没笑。金发姑娘仍然捂着嘴笑,她说,我没笑,是他的口臭,我最怕口臭了。

三三这下丧失了热情,他慢慢地松开了金发姑娘,猛地把她往克渊那儿一推,我口臭?三三拿克渊当炮灰为自己辩护,三三说,你去闻闻他,他比我臭多了。

克渊敏捷地扶住了金发女孩,他对三三骂道,放你妈的狗屁,我天天刷两次牙,哪来口臭?

克渊没来得及把对三三的愤怒发泄完毕,金发女孩的高跟鞋不知怎么落在他的脚下,克渊蹲下去捡她的鞋,金发女孩也弯下了腰,两个人的脑袋差点撞在一起,结果还是金发女孩手快,她像是怕遭劫似的,把鞋子抱住了。

克渊听见了三三不怀好意的笑声,他抬头的时候看见德群和三三的目光集中在金发女孩的短裙内部,他们交流着眼神,然后一个克制一个放肆地笑起来。

克渊不是傻瓜,克渊知道他们在笑什么,克渊没有笑,并不是他正经严肃,他什么也没看见,他用目光提醒金发女孩的短裙,作为裙子,无论长短都有义务保护自己主人的隐私,裙子也许了解克渊的心意,随着女孩直起身子,裙子谨慎地遮蔽了女孩的臀部和大腿,可女孩看见的是克渊下滑的目光,她竟然挥起高跟鞋在克渊的肩膀那里敲了一下,你往哪儿看?她满眼怒火地盯着克渊,说,我就知道,你们这儿的男人,没一个好东西!

克渊替人受过,可气的是他无法开口去澄清事实,就恼火地瞪着德群三三他们。

他们两个人笑得更厉害了,甚至德群也不顾他留学日本的高尚身份,仰面朝天地笑,弯着腰捧着肚子笑,笑得喘不过气来。

你们咋回事？你们这儿是精神病院呀？金发女孩尖声地对德群抗议着，她气呼呼地穿上鞋，说，你们到底聘不聘人，倒是说句话呀，别以为我会低三下四求你们，我犯不上，你们也不配。

金发女孩的气节战胜了她对美丽城办公室强烈的向往，她昂着头向门外走，说，你们看不上我，我还看不上你们呢，什么玩意。

人有时候会处于一种欲走还留的境地，尤其是那些有求职经历的人，他们的一只脚义无反顾地冲出屈辱之门，另一只脚却对屈辱的报酬怀有最后的一丝幻想，据克渊后来词不达意的表述，我们可以确定金发女孩当时就是这样站在拉特公司的门边的，她回过头瞥了一眼德群，抻了抻她的短裙，德群一时有点犯愣，他的眼睛里燃起的是日本式的欲望之火，冷峻、阴郁、强烈，他没说什么，只是看了看三三，三三就突兀而及时地叫起来，小姐，你会跳艳舞吗？

金发小姐面临着一场严峻的考验，看得出来她在犹豫，她的一条腿膝盖向后，高跟鞋反贴在门框上，来了一个金鸡独立的姿势，这姿势意味着她要作出抉择。

如果我们是她的亲戚和朋友，如果我们预知她在拉特公司求职终将一无所获，我们会提醒这个走投无路的女孩，走，走，别在是非之地久留。

但金发女孩是独立的一代青年，善于冒险，过于自信，他们特别喜欢抓住机遇这句格言。

对于机遇强烈的渴望使她作出了一个危险的选择。

我什么都会跳,她轻轻地用手指弹击着拉特公司的门框,进入了谈判的状态,但是你们也别想让我白跳了,她说,我跳了你们就得聘我,工资可以商量,不过我不拿最低工资的。

可以商量,三三看着德群说,只要你跳得好,工资可以商量。

克渊反应比较迟钝一些,他说,哪里有舞台让她跳?让她在桌子上跳?

德群开始整理桌子上的东西。

就在桌子上跳,我的桌子是实木的,跳不坏的,他说,我在东京的时候去过一家俱乐部,舞女都在桌子上跳舞,很精彩。

我不是舞女。金发女孩在门那儿大声说,我是舞蹈员,告诉你们,我在北京跳,在沈阳跳,人家对我都很尊重的,上桌子就上桌子,不过我先警告你们,都给我放尊重点。

放尊重点,听见没有?三三对克渊说,只能看不能碰,看艳舞就是这个规矩,听清楚了没有?

克渊踢了三三一脚,说,少来这一套,我还不知道你,你的手在哪儿都不老实。你自己给我规矩一点就行了。

德群做事情周密一些,他走到门那儿,向外面张望了一下,才小心地把门关上。

也许是注意到了金发女孩眼神里掠过的一丝恐慌,他笑了笑，安慰她说，你放心，我们不会把你怎么样的，我们这儿是挂牌公司，我们是做买卖的，非法的事情从来不做。

市声和走廊里的背景音乐一下被隔绝了，屋子里静了许多。

金发女孩爬到了德群的桌子上，抚弄着头发。没有音乐呀，她涨红着脸左顾右盼的，说，没有音乐，跳起来多别扭——你们谁有沃克曼——沃克曼是什么？随身听呀，这也不懂？

小姐不要那么讲究了，你要音乐我们可以给你唱的，三三手撑着桌子，对克渊说，克渊，给小姐唱，咚嗒咚嗒，唱个拍子就行了。

克渊推了三三一把，×你表姐的，你不会自己唱？

克渊很反感三三在小姐面前故意贬低自己，可他刚刚骂了一句德群就说，注意口腔卫生！

克渊同样反感德群在说话方面的吹毛求疵，注意了口腔卫生就文明了？别的方面的卫生你们谁注意了？但克渊深知他近来与德群的关系有点紧张，需要改善，当着人家小姐的面更是要给他面子，于是克渊便压着心头的无名之火，把转椅向德群那里推了一下，说，德群你干吗站着，休闲一下，坐着看坐着看。

拉特公司的三个人，一个坐着，两个站着，在一种干涩的气氛中看着桌子上的金发女孩。

金发女孩已经开始了她的艳舞，嗒嗒，嗒嗒，她自己打着节拍，在桌子上摆动着她的腰，摆动她的胯。她的略嫌憔悴的脸上保持着一丝舞台化的微笑，看上去并不自然，她的肢体语言起初是单调而僵硬的，渐渐地丰富起来，她把左手慢慢地举起来，嗒嗒，嗒嗒，换右手，右手听命于左手，双手听命于她的柔软的蛇一般灵活的腰肢，金发女孩像一朵花一样在桌子上热烈地绽放了。她跳得投入了，陶醉了，微笑变得灿烂起来，羞涩和拘谨一旦消失，金发女孩的舞蹈开始狂放而性感起来，嗒嗒，嗒嗒，她给自己的音乐加快了节奏，身体的摆动由左右运动变成前后运动。

桌子下的三个观众有两个拍起手来，来自克渊的掌声是被征服的掌声，来自德群的掌声像外交家，主要是表达礼貌和风度，而该死的三三却在桌子下面一直摇着脑袋。不行不行，他说，这就算艳舞了？小姐你把我们当土鳖？

慢慢来，慢慢来。德群制止了三三，他说，你别说话，在日本看艳舞，顾客是不准说话的。

不说话怎么行？让她就这么扭下去，什么也看不到。三三一定是对金发小姐的期望值太高了，期望愈高失望愈深，他说，她连手都放得不对，以为是在迪斯科蹦迪呢，喂，你的手放下来，不对，不是这么放，动呀，动起来，他妈的，一点也不挑逗！让我教你手怎么动，不让教？下来下来，再这么跳下去你下来算了。

金发女孩舞动的身体突然僵滞在桌子上，她的微笑也凝固了。很显然她听见了三三的抗议，她用目光询问着德群，难道

二十 拉特公司与金发女孩

我跳得还不够好吗，你是从日本回来的，你应该有鉴赏水平，难道我跳得不好吗？

德群不置可否，他点了一支雪茄叼着，像一个电影里的大佬那样冷静地看着金发女孩，然后他摊开手掌向上抬了两下，这手势连克渊都看懂了，热烈一点，再热烈一点，开放一点，再开放一点。

克渊多嘴，他的眼睛同情地看着桌子上的女孩，嘴里忍不住地解释起德群的手势来，开放一点，跳得再开放一点嘛，克渊说，我们老板从日本回来的，眼界很高，你别糊弄他。

金发女孩站在那儿，她的脸色忽红忽白的，即使从她的眼睛里也能看出她的一番思想斗争，开放？不开放？开放到什么程度？

然后思想斗争有了初步的结果，她像一台机器在完成所有工序以前遭遇了故障，故障必须排除，金发女孩不愿意半途而废，她轻蔑地看了一眼克渊和三三，你们这些男人，不是好东西，我知道你们要看什么？我知道。

机器重新发动，金发女孩小心地选择了桌子中心部位，嗒嗒，嗒嗒，她继续扭动起来，这次她的手终于抓住了她的紫色的紧身上衣，一点点地向上翻卷着，女孩的表情显得非常紧张，她看看拉特公司的门，看看德群，好像在确认那门是否关好了，会不会有人突然闯进来？

德群是聪明人，他回头看看门，对女孩摇摇头，用意一样很清楚，放心，不会有人来，你就放心地脱，脱，脱吧。

室内的空气突然有点压抑，克渊这时不停地傻笑，这时候傻笑是令人厌恶的，所以德群瞪着他，轻声而毫不客气地说，你再笑就出去笑。

克渊后来不再笑了，本来那就是掩饰，后来克渊不再用笑声掩饰什么了，他坦诚地盯着桌子上的女孩，耳朵里依稀听见火车汽笛尖厉的鸣叫声，他看见火车从拉特公司的窗子里开过去了，火车从金发女孩的身后开过去了。克渊知道他自己的秘密，他也许会现丑的。

克渊嘀咕了一声什么就弯着腰往后面退，他蹲在沙发那里，仰望着桌子上的金发女孩，看见金发女孩雪白的腹部一点点地露了出来，金发女孩乳罩上的带子也清晰可见，它像最后一个绳结紧紧地扣着女孩丰满的白玉般的上半身。火车开过去了，克渊捂住了自己的耳朵，别脱，别脱，他听见的声音与欲望背道而驰，别脱了，小姐，你会上当的。

金发女孩或许也看见了那列虚幻的火车，克渊记得她猛地回头向后面的窗子看了一眼，好像受到了一次惊吓，女孩的手在身后停留了仅仅一秒钟，像被电击似的震了回来。

克渊看见女孩在桌子上站着，双手蒙面，她的一只脚伸出来寻找她的鞋子，没有找到，鞋子被她自己扔在桌子底下了。

我不干！女孩蒙着脸突然叫了一声，我不干！然后她发现自己是在桌子上的，我不干！

她就这么嚷嚷着从桌子上跳下来，克渊站了起来，德群和三三也站了起来，他们看见金发女孩甚至没有来得及穿上她的高跟鞋，她满脸是泪，提着她的鞋子，风一般地从拉特公司逃走了。

这是克渊他们与金发女孩在拉特公司的唯一一次相遇，从某种意义上说是他们共同的一次艳遇，除了德群在任何情况下都能保持冷静，克渊和三三都出去追金发女孩了，他们听见金发女孩在走廊里用浓重的东北口音在咒骂他们，让你们白捡一个大便宜，畜生，你们三个不是人，一个是猪，一个是狼，还有一个，是狗。

克渊对金发女孩印象深刻，不仅由于她的戛然而止的艳舞，更重要的是他对金发女孩的咒骂一直耿耿于怀，她为什么把他们三个人分别比成猪、狼、狗呢，猪是德群，这不用商榷，他确实像猪那么胖，狼肯定是三三，三三很多时候比狼还要凶恶无情，即使是对一个陌生的女孩，他也习惯把狼爪子在人家肩膀上搭一下，能咬一下就是一下，那么谁是狗？×他叔叔，我是狗？我是德群的狗？克渊不由得在心里骂，×，好人做不得，是我让她别脱下去的，她却骂我是一条狗！

我在哪儿见过她的。后来当拉特公司的人在谈论金发女孩时，克渊总是这么说，别人追问克渊是不是在顺风街碰到的金发女孩，克渊说，不一定是在顺风街，我玩的地方多了，我肯定是在哪儿见过她的。

同事们大多对本地风月场所有一定的了解，提示了好多个地方，克渊仍然说，不是那种地方，我记不清了，反正我是见过她的。

克渊谈论金发女孩的热情自然引起了别人的猜测，德群怀疑克渊对金发女孩一见钟情了，三三却说，他狗屁，他对谁不钟情？对谁都钟情，可关键时候就掉链子了，性功能障碍，他不行的，一见钟情三见钟情，没用。

二十一　关于电灯、火车和克渊的性功能障碍

克渊务必保持镇定，是三三将他的个人隐私一点点地透露给大家的，现在为了避免让别人一头雾水地猜测克渊的性生活，为了避免某些人凡事往歪处想，我们不如公开克渊在性方面的所有欢乐和忧伤，以免引起不必要的误会。

公开克渊的隐私，需要我多大的勇气，克渊克渊，请你别发火，这是为了你好，让我们先从你家的电灯说起。

熟悉旧火车站地形的人一定都记得顺风街紧邻着铁道，而熟悉克渊的人都记得克渊一家人都健在时，是挤在老沈的腌腊店楼上三代同堂的。

克渊一家从下放地回城以后一直住在腌腊店楼上。人人认识克渊的家，那是顺风街上唯一没有电灯的家。

为什么没有电灯？这是一个历史遗留问题。

反正六十年代本地普及电灯的时候腌腊店没有接上电线，不知道是谁的责任，后来许多人家都用上华丽的多头吊灯了，腌腊店里还是没有用上电灯，这责任大概是要老沈负的，可是你听听老沈的意见就知道了，也不能怪老沈，他说腌腊店要什

么电，卖火腿咸肉鸭肫历来都是在大白天卖，腌腊无需冷藏，没有电灯可以，没有冰箱也可以，为国家省一点电费有什么不好？

虽然众所周知老沈是个懒惰的人，他善于为自己的懒惰寻找借口，借口找得合理你也不好过多指责他的懒惰了。但是克渊一家人对煤油灯与黑暗的忍受能力却是令人不可思议的。

如果现在请来街坊邻居回忆，人们会记起克渊的父亲和电灯之间发生的故事，不是什么曲折的有教育意义的故事，但由于这故事有益于交代克渊的漫长的青少年时期的夜生活，说说也无妨。

克渊的父亲为了电灯的事情奔波过一段时间，此人肝火很旺，到电力公司跑了几趟，人家说，不可能，现在什么年代，你们家怎么可能没有电灯？

克渊的父亲一下就在电力公司破口大骂人家是官僚主义，这不算离谱，大家应该记得从前官僚主义作风确实是很让人头疼的，可克渊的父亲错以为下放干部也有资格耍威风，他一定要把人家拖到他家去，看看他家的电灯在哪里。

人家说，我凭什么要去你家，你有专车接送吗？克渊的父亲这下就暴跳如雷了，他认为人家是在嘲弄他地位卑微无权无势，其实这是事实，顺风街的人说穿了都是这号人，可克渊的父亲也是爱面子爱得过了头，他一边疯狂地罗列自己对国家做出的贡献，一边就对电力公司的人推推搡搡起来，偏偏人家是个女同志，被逼急了一声尖叫，抓流氓呀！

其他办公室的同事便拥出来把他揪住了。

对方人多，又有误会，对克渊的父亲又打又踢又骂，最后扭送派出所。派出所给这件事情作了鉴定，耍流氓是耍流氓，推人是推人，推妇女算什么？算什么都不合适，就写了"推妇女"。

克渊的父亲"推妇女"以后一蹶不振，像一个罪人羞愧而易怒，家里人一提电灯的事情，他就咆哮道，不准装电灯！不装！就摸黑！摸黑过日子！不会死人的！

如此赌气在邻居们看来是可笑的，这是在跟谁赌气向谁示威？你不装电灯你摸黑过日子，你们一家没有电灯就能给社会主义抹黑了？你这个"推妇女"！

克渊的夜晚比别人的夜晚提前来到，你可以想象克渊经历的青少年时期的漫长的夜晚，别人还在灯光下打扑克或者做家务的时候，克渊家的煤油灯已经吹灭了。

两个用六合板草草割出的房间沉浸在黑暗中，克珍和小施他们占了一间，他们有两个孩子，四个人住那么一间小房间是公平的，克渊和他的父母占一间，这也是唯一的选择，否则克渊就要睡在楼梯上了，可楼梯自古以来就不适合人睡觉，克渊的母亲在他们这一间里用布帘子给儿子腾出一块地方，正好放克渊的钢丝床。

克渊的房间似乎是伪造的，更像帷幕后的舞台，可是这房间最有意思的地方是守着楼上唯一的窗户，与我们前面介绍的车站旅社的窗户相比，它与铁路的距离几乎可以写入吉尼斯世界纪录大全。

克渊告诉过别人，他刚刚从下放地回来以后天天站在窗子前看火车，由于对坐火车旅行的人产生了强烈的嫉妒，他曾经用一根晾衣竿去捅那些靠窗的旅客，旅客没有捅到，那根晾衣竿却被火车卷走了，而且它发出了一种可怕的类似鞭炮的爆炸声。

克渊对那扇窗子极其迷恋，反正没事干，天天在窗边看火车，可是克渊的父亲厌恶他挡着窗子，夏天腌腊店楼上闷热难当，儿子总是站在窗边，不是存心挡风吗？冬天腌腊店的楼上又阴又冷，克渊站在唯一的窗子边，就像一堵墙挡着冬天的阳光，克渊的父亲说，你没事干就滚出去，别整天像一块木头一样杵在窗子旁边！

老宋当年对儿子的吆喝邻居们也听到的，所以后来克渊在这个朋友家睡一夜那个朋友家睡一夜，最长纪录是半年没有回家睡，老宋在外面发脾气扬言和儿子脱离父子关系，邻居们曾替克渊说过公道话，不让站这儿，不让站那儿，那么小的地方，你让他站哪儿去？

是老宋自己把克渊赶走的！

关于克渊的母亲，大多数人对她的印象并不清晰了，只记得她有肺病。

这母亲作为一个结核病人没有遵照医嘱，避免情绪冲动，在那段时间里她捂着胸口在顺风街上寻觅儿子的踪影，像一个疯子一样敲这家门，敲那家门，喊克渊回家睡觉。

你说不在她不一定相信，径直地闯进来，这门推推那屋看看，好像来抄人的家，克渊的母亲在人家家里剧烈地咳着，咳得受不了的时候还跺跺脚，用以减轻病痛，人家的父母一方面同情这个女人失去了儿子的心，另一方面也很反感，好像是我们把你害的，于是就以守为攻，都说，我们家孩子不跟克渊玩。

克渊的母亲人是好人，可不怎么会说话。你家孩子不跟克渊玩，他家孩子不跟克渊玩，她的手痛苦地抓挠着胸口，说，我家克渊跟鬼在玩呀？

这么一来街坊邻居面子上的和平也不用维持了，别人的母亲便沉下脸说，那谁知道？

人就站到门边做出送客的姿态，克渊的母亲只好弯着腰出来，她说，你们家这么宽敞，我们一家七口人挤在二十平方里呀！

别人的母亲不接她的话茬，其表情在说话：我们家宽敞不关你的事，你有意见找房管所去，不关我们的事。

克渊的母亲返身来到夜晚的大街上，看看这家的灯光，看看那家的屋顶，突然就很厌世了。

那年冬天有好多人看到克渊的母亲坐在杂货店的台阶上哭，她穿一件肥大的男用大棉袄，好像是她女婿小施轧钢厂发的冬季工作服，她穿着小施的大棉袄坐在那儿哭，有的人多事，明明知道她是为儿子哭，还要过去问这问那的，克渊的母亲就发表了她一生中最震撼人心的言论，也不怪克渊不回家，她说，我早点死了就好了，我们老夫妻都早点死了就好了，克渊好坏也有一间自己的房。

后来有人说克渊的母亲是让自己咒死的，这说法无疑是迷信的缺乏根据的，人人都有常识，一个人长命百岁不容易，咒死自己同样也难于上青天，况且她牺牲了自己也没有达到原有的目的，克渊的父亲尽管活得不耐烦，不耐烦仍然活着，他活了好几年以后才脑溢血去世的，所以克渊得到一个完整的房间是在几年以后了。

现在我们顺风街上还有一些人记得克渊是如何看待父母之死的，克渊说，他们就我一个儿子，儿子没房子怎么办？死，见马克思去，他妈的，两条老命搭上去，好歹给我腾了一间房子出来！

德群和三三那时候都去过克渊在腌腊店楼上的房间，他们是被克渊强迫拉去做客的，楼下腌腊制品的味道很难闻，这尚且可以将就，克渊的身上头发上也是这股气味嘛。德群他们对克珍时不时的探头张望极其反感，她嘴上客气，说，你们在这儿好好玩，要不要喝点水？可她疑惑的眼神明确地流露出相反的信息，你们为什么偏偏在我们家玩呢，这么小的地方，又没有灯，德群你们家那么宽敞，三三你们家还有个天井呢，到你们家去多好。

克珍还突然跑到克渊这里来问，八点钟的火车开过去了吧？

这是在提醒克渊，八点钟了，我们大家都该休息了，明天大家都要上班的。

克渊不管他姐姐这一套，瞪着眼睛说，你没有耳朵的？这种事情也来问我？

其实没有人情愿到克渊的房间来，影响克珍一家的睡眠，点着个蜡烛！更重要的是他们难以忍受克渊把亡父亡母的遗像并排地挂在板壁上，两个过世的人都用烦躁的眼神盯着客人，好像在谴责他们鸠占鹊巢，谁让你们来躺在这儿的？

而外面有火车开过的时候，整个腌腊店有节奏地跳动起来，客人们会发现克渊的父母在火车汽笛的鼓励下几乎快从墙上跳下来了，你们快滚开，这是我们给克渊腾出的房间，不是给你们腾的，滚开滚开！

德群他们曾经向克渊提议把死人的照片挪到外面的楼梯口。克渊在这个问题上却固执己见，不挪，他们人都给我挪走了，照片就不能挪了，放到楼梯口干什么，给我放哨站岗呀？

克渊说，你们怕他们我不怕的，哪天轮到你们父母死了就懂了，再讨厌的爹，再讨厌的妈，死了你就不讨厌他们啦。

可德群三三他们的父母都健在，没有克渊的体会，他们坐到八点半就起身走了，再也不给克渊面子，克渊很沮丧地把他们送下楼梯，在后面骂骂咧咧地说，这么早，我一个人怎么玩？让我上床玩鸡巴呀？

拉拉杂杂说了这么多，我们仍然没有进入正题，不必掩饰在公开克渊的性障碍时必须面临种种的难度，除了日后来自克渊报复的危险，其实这性障碍本身的复杂性和特殊性也超出了一般人的想象和语言阐述能力。

现在让我们壮着胆子模仿三三的口气吧,克渊你他妈的别给我装汉子了,小心我把你的事情捅出去,你不行,呜呜呜——三三模仿的是火车的声音,他说,呜呜呜——火车一走你就不行了,别抵赖了,你自己告诉我的——呜呜呜——呜呜——三十秒钟!

由于我们不可能从当事人克渊那里取得任何辅佐材料,关于传说中的克渊的三十秒我们只能由合理推测入手。

当然这样的推测与男性青春期经验或者性活动有关,未婚的女性读者在这里可以跳过一页,已婚的女性如果对克渊这人的心灵没有兴趣研究,肉体上的秘密也就可以放弃,也不必要参与此类推测。

如果我们就克渊的性障碍问题作一次民意调查,也许会得出一个相对深入而客观的结论,如果顺风街有文化的居民都做了答卷,其调查结果不外乎是以下几条意见。

第一:克渊的性障碍是腌腊店楼上局促的没有隔音效果的空间造成的,其中,火车在克渊的性障碍中是一个值得研究的现象。(调查员允许作以下提示——请大家想象人类夜生活中最秘密的那个部分,请大家不要忘记克珍和小施是在腌腊店的楼上有了两个孩子,请大家注意那不是一对开放得可以在大街上当众接吻的夫妻,怎么就在另外三个人六只耳朵的旁听下有了两个孩子——请大家注意火车,想一想火车除了作为交通工具之外,它巨大的噪音给克渊的姐姐姐夫带来了一个多好的隔音器——这最好去问小施——有人一定会这么说，这么说就是不合作态度了，权且不说小施现在与克渊脱离了一切关系，即使有关系，你也不能询问当事人的，牵涉到隐私权，有的调查只能是民意调查。）

第二：你认为克渊青年时期染上过手淫的恶习吗？（调查员有时候不得不对这个教科书用语作出注解，手淫就是打飞机嘛！）怎么不打？那时候不开放，大家没办法都打的嘛，克渊肯定打得更厉害。那么你认为克渊在那样的居住条件下怎么才能安全地打飞机呢？（此处提示：克渊住在铁路边）那简单嘛，火车开过来的时候打，也不光是他，顺风街住房紧的夫妻也是这时候做事，火车打掩护，小孩吵醒了就说，乖乖别怕，是火车，这火车好长呀。被调查者这时候差不多明白了答卷的用意，机智一点的会说，大家都是和火车赛跑嘛，住得宽敞的人不跑，克渊这样的只好和火车赛跑，不过是快一点罢了，别人打飞机，他是打火箭。

低级趣味的推理对克渊是有针对性的，过去顺风街的居民完全有可能在报告上签字，困难的是如何说服非顺风街的居民——火车一眨眼就开过去了，这么一会儿怎么可能完成一次手——我们不说这个词了，换一个文雅的——这么一会儿工夫怎么可能进行一次性生活？

求求那些凡事较真的人，千万别把推测当做铁的事实，千万别说你试一次给我们看看之类的话，我在说克渊的事呢，不是在说你们。

谁来为克渊性障碍提供证据呢，大家知道顺风街铁道旁所有的居民现在都迁入了近郊的新居，腌腊店的旧址都无法辨认了，大家现在安居乐业的，性生活愿意在哪里就在哪里过，谁来做这种无耻的实验？即使高薪招聘也不一定有人干的。最好的办法是找到人证证明那个的最快速度，这有点棘手，一是人选未知，二是法律道德难容，三是缺乏舆论和民心支持。

我们知道克渊现在托政府改造顺风街的福，分到了一套二居室，却很少在二居室住，他在这个浴城住住那个俱乐部住住，几乎每天夜里都在顺风街混，但听三三说克渊一直就是瞎混，从来不埋单，如果三三不是故意毁坏克渊的名声，那克渊的现状也许符合大家对他的分析结论，克渊，他的三十秒有他自己的责任，也有电灯、火车和铁路的责任，也有他父母的责任，也有他姐姐姐夫的责任，当然了，也有历史的责任社会的责任。

二十二　冷燕为什么哭了

六月的蛇患过去了，悬案仍然悬着，由于人民的生活、健康和财产没有受到多大的损害，而那个所谓的爱特高科技生物公司像一个隐形怪物一样难觅踪影，有关方面终于撤消了防疫站、公安局、铁路分局三方组成的联合专案组。

专案组的几个工作人员怅然地回到各自单位，暗地里发牢骚说，上面会后悔的，不负责任，我们已经有眉目了，可他们却把专案组撤了，如果那些蛇是基因蛇，如果被蛇咬过的人以后有个三长两短的，后果不堪设想。

功亏一篑的不仅是专案组调查的结果，还有车站旅社的冷燕，旅社的人都知道冷燕经过多方活动，正要去联合专案组报到的时候专案组撤了，冷燕赶到设在美丽城七楼的专案组时人家恰好是在清理办公室，专案组组长与冷燕是熟人，他安慰冷燕说，你反正是借个机会跳槽，这个组撤了，下个组说不定哪天就成立了，你还有机会。

冷燕知道那是安慰，她一方面怨恨自己的运气，另一方面不可遏止地迁怒于蛇来，她站在那儿用手绢抹着眼泪说，哪儿还有机会？蛇又不会年年闹灾的，该死啊，它们怎么不多咬几个人？

可是到了九月已经没有人去设想蛇患会给人带来什么后果了，进入九月以来整个城市漂浮在一种空前的庆典热浪中，金融机构、电信部门、零售业、保险业、医院、学校甚至敬老院和幼儿园都在为自己筹办百年一次的世纪狂欢。

市场上烟花爆竹和红布红纸红线货源紧缺，灯箱制作公司像雨后春笋一样在大街小巷里冒了出来，商业广告和公益广告以霓虹灯富丽堂皇的灯光映衬，覆盖在火车站和其他中心地带的空中，占领市场、捕捉商机、争做文明市民、共建文明城市、迎接新世纪！而一些有碍观瞻的或者干脆是非法的广告也铺天盖地地出现在人流密集的商业区和居民小区中，疏通下水道随叫随到、三姐妹营养盒饭电话送餐、老军医治梅毒淋病手到病除！

谁都知道小广告不代表我们城市广告业的主流，但令人生气的是这种业务到处招揽顾客，浑水摸鱼还不肯收敛，他们以一种盲目的追求平等的热情来争夺新世纪前夕狂热消费的市场，嘴里分明也喊着口号，迎接新世纪迎接新世纪！

九月以后冷燕突然厌倦了车站旅社的工作，她保持了三年之久的微笑之星的荣誉被迫让位于他人。

同事们在更换二楼楼梯处微笑之星的照片时，冷燕正好从三楼的职工浴室出来，两个同事不好意思当她的面换，把新的微笑之星的照片反转过来，不让冷燕看，冷燕却很大方，她梳着头发，站在那里看他们换，你们换嘛，她用梳子敲着照片框子，我才不在乎，微笑了这么多年有什么用？一年一万三，还包括年终奖！

同事们只好把本年度的微笑之星亮了出来，是三楼的楼层服务员修红，冷燕掩嘴一笑，看得出来她认为旅社领导把修红推选为微笑之星是可笑的，她当微笑之星了？

冷燕说话常常是冷嘲热讽的，她说，很合适，合适，这样车站旅社可以报二星级啦。

同事了解她，听见的是另外一番话：丢脸，丢脸，选出这么难看的微笑之星，车站旅社永远也别申报二星级了。

同事们尽管也认为修红的形象不适合提升车站旅社的档次，但他们与冷燕不同，你是要跳槽了，你关系多路子宽，我们只好安心本职工作，不好一张嘴就批评领导的，所以他们把修红的照片挂在墙上时，轻描淡写地说，其实谁做微笑之星还不一样，反正也没有微笑奖的。

九月以后车站旅社的人们都发现冷燕心浮气躁，由于与联合专案组成员这个理想的职业擦肩而过，她的失落感人们是能够理解的，人人都在说她要跳槽，现在却看不出来她跳往何处，当事人心里的滋味人家也是可以体会的，冷燕在新世纪来临前的这一年流年不利，大家表示过同情，冷燕你的忧伤我们可以为你分担，你的冷漠我们可以逃避，但是没有人能够接受冷燕的堕落。

九月的一个傍晚，冷燕从彩票发行办公室里慌慌张张跑出来，人在走廊上又被里面的人揪回去了，大家知道那是小陈的手。

据冷燕说她经常和小陈在一起练习探戈准备参加新世纪的千人探戈大赛的，大家知道旷男怨女在一起练习探戈会练出什么样的结果，但这也不关谁的事，所以他们在一起没人去参观他们的探戈，可是这一天彩票办公室里小陈的声音是狂怒而失控的，有人忍不住地溜过去听了，结果他们听见斯文儒雅的小陈在用最恶毒最肮脏的词语辱骂冷燕，婊子，臭婊子，你把自己当婊子卖呀？谈恋爱谈什么钱不钱的，啊？婚外恋也没听说付钱的，你是穷疯了还是怎么啦，告诉你那是公款，你还敢拿？

门外的人以为能听见冷燕精彩的反唇相讥，冷燕的嘴巴一向是厉害的，可是九月的那天傍晚一切都反常了，彩票发行办公室里传来了冷燕凄厉的哀哭声，好像她在默认小陈的污辱。

冷燕你是鸡吗，你不是呀！你不是为什么让他那么骂你？门外的人为冷燕感到心痛，然后他们听见冷燕哭着喊道，谁让你没本事的？你让我去了证券交易所，我就不拿你的钱了！

证券交易所？这是茄子对冬瓜嘛。窃听者乍一听摸不着头脑，过后联想到冷燕一心跳槽的事情，也就明白了，冷燕与小陈之间的暧昧关系也顺势理出个头绪来了。

大家注意看那个贼头贼脑的小秃，好多人知道他对冷燕一直抱有不切实际的幻想，这会儿他竟然摆出一种掩鼻而走的姿态，哦哟哦哟，小秃摇着脑袋向大堂那里走，说，是这么回

二十二　冷燕为什么哭了　165

事，我总算弄明白了，骂得不错，她是鸡，不过是一只变相鸡！

冷燕的品行像沙山似的在众人眼里突然崩溃，小秃在其中起了极坏的坏作用，变相鸡，这个狗屁不通的绰号安在大家所熟悉的冷燕的头上，多么的难听呀，可是火车站一带从来是人多嘴杂，加上冷燕平时在处理人际关系上得罪的人多，受惠的人少，有些习惯落井下石的人乘机张大他们的臭嘴，到行李房那儿说说，到售票处那儿说说，甚至在公共厕所解手，隔着挡板还要说，变相鸡的说法渐渐地就从各个渠道传出去了。

二十三　蛇文化在街头传播

蛇餐在本地的盛行始于炎热的八月，最初是黄泥坊美食一条街的一家餐馆把蛇做了招牌菜，由于黄泥坊地处城市西南，幸运地避免了六月蛇患，居民对于基因蛇在本城出现的说法是半信半疑的，富于冒险精神的食客大有人在，在餐馆方面的多次力荐下，有人壮着胆子品尝了这道神秘的"群蛇争鲜一品锅"，结果如餐馆保证的那样，吃到了热带的蟒蛇、亚热带的大王蛇、温带的眼镜蛇、寒温带的金环蛇，不管是毒蛇还是无毒蛇，在黄泥坊的这家餐馆里所有的蛇肉散发出一种无法抵御的鲜香之气，保健卫生常识好多时候不是口腹之欲的对手，这在所有贪吃者那儿早就达成了共识，更何况餐馆方面也在保健卫生方面破除了迷信，做了宣传，餐馆说，吃了我们的群蛇争鲜，保证你清心明目，暑热尽消，你以为是吹牛呢，不成想吃着吃着果然是暑热尽消，勇敢的食客一边喝着热乎乎的蛇汤，一边惊喜地对服务小姐说，关空调，关空调啦。

由于饮食与文化从来都是相得益彰的，黄泥坊的蛇餐馆在张扬蛇文化方面先行一步，他们巧妙地利用新世纪第一年是蛇年这个传统历法，率先提出了吃2001条蛇迎2001年、蛇年吃蛇大吉大利、养身蛇餐、美容蛇餐等等营销策略，分别针对城市中年轻的追求时尚的青年消费者、富裕的忌讳4崇尚8的大老板小老板、凡事以有利健康为第一准则的中老年顾客、饮食美容两不误的厌倦了厨房的小姐太太。

打了文化这张牌，果然效果非凡，黄泥坊的第一家蛇餐馆到了九月天天人满为患，慕名前来品尝群蛇争鲜的食客经常在外面排队等候里面翻台。

这也是没有办法的事情，你这里的蛇餐如此火爆，天天日进斗金的，别人怎么会袖手旁观，美食一条街的其他餐馆纷纷更换餐牌，定制了蛇形的霓蛇灯，门面各处用醒目的红色写了蛇、蛇餐、蛇汤此类大字，美食一条街很快变成了蛇餐一条街，群起而效仿的结果是让消费者无所适从，后来在黄泥坊一带还出现了群蛇争艳、马来亚炸蛇、宝岛蛇串烧、南欧烤蛇排、如意发财百蛇羹等等招牌蛇餐，本地的顾客大多是要吃个正宗的，他们去贺氏兄弟的老店，外地的顾客很容易上当，站在那儿，听见左边右边前面后面都在拉客，保证自己是正宗的黄泥街蛇餐，说不定就进了一家最不正宗的店。

那贺氏兄弟我们是认识的，以前也是在城北一带长大的，兄弟俩是多么聪明的人，岂容别人坏了自己一手打下的蛇餐事业，他们一直寻求开拓市场，也是由于做蛇餐做出了信誉，好多银行敢于把上百万的资金放贷给他们，九月八号这一天，贺氏兄弟的群蛇争鲜本店迁址，黄泥坊那家做了分号，本店迁到哪儿了？说出来吓你一跳，迁到我们火车站广场这儿来了，迁到美丽城的一楼，还有二楼，寸土寸金的地方，贺氏兄弟居然把原来的超级市场挤走了。

请大家不要盲目地羡慕那兄弟俩，冷静地分析，美丽城最昂贵门面房的易主，与其说是贺氏兄弟的成功，不如说是蛇文化的传播热正以不可阻挡之势，征服了我们整个城市。

九月，在经营不善的动物园里，一个大规模的蛇园在紧锣密鼓的挖掘之中，动物园的人对稀稀落落的游客说，元旦前蛇园一定要开放的，我们这里以后叫世纪蛇园，全世界几千种蛇，我们这里一条也不会少，到时候你们来看蛇，一定要来。有的孩子不懂事，嚷嚷着说，我要看老虎，我不要看蛇！动物园的人对孩子没有办法解释，只好对大人说，我们也没办法，现在老虎过时了，流行蛇文化嘛。

与此同时，在市中心的展览馆举办的千禧蛇展吸引了无数的人前去参观，由于蛇展采用了最新的高科技仿生技术，图文并茂，配以声控电控的现代展览手段，人们在展览馆里看见了上千种来自世界各地的蛇，最令人震惊的是美女蛇的出现，过去人们以为那是文学的修辞比喻而已，万万没想到展览主办者把一条真正的美女蛇放在玻璃罐里供人对照批判，美女蛇产地标明是印尼的苏门答腊岛，遍体彩纹，形容俏丽，其展台前自然是最拥挤的，孩子们只是好奇，为什么美女蛇与诱惑被诱惑发生了如此紧密的联系，而成年男子和女性在这个展台前大多是浮想联翩的，由蛇联想到某个女性，继而联想到自己。

随着炎夏过去，蛇文化在升温，作为世纪生肖，人们走在街头处处可见蛇形翡翠蛇形玛瑙坠在少男少女的胸前，蛇的细碎的花斑纹出现在丝绸和棉布上，丝绸和棉布虽然色泽偏暗，却散发出鲜明的新世纪的时尚之光。

玩具店里的货架上摆满了橡皮蛇、红蛇、绿蛇、电动蛇、声控蛇，而小贩站在街头向路过的每一个孩子摇动着一种工艺简单却很逼真的竹蛇，看蛇，咬你了咬你了！

六月已经过去，现在哪里有一条会咬人的蛇出现在大街上呢，倒是有一些女性无意中充当了杀蛇人的帮凶，出于对时尚导向的遵从，她们系蛇皮皮带，挎蛇皮制作的包，包里装着蛇皮钱包，脚上也不忘紧跟时尚，穿的是蛇皮做的皮鞋——不是起哄，这样的小姐太太要小心啰，今年千禧年，蛇受到了大家的崇拜，不与你们一般计较，万一明年火车站群蛇卷土重来，你们，小心一点哦。

让我们再回到美丽城刚刚开张的蛇餐馆来，九月九日蛇餐馆隆重开张那天，克渊跟着德群三三他们下楼来捧场，克渊是拿着花篮的，可他一上台阶就捧不住花篮了，花篮掉在了地上，克渊也不去捡，他嘴里一遍遍地叫着，×，×，×。

克渊在那儿×什么？

原来他看见冷燕穿着一件旗袍，容光焕发地站在迎宾小姐的队伍里，四个迎宾小姐的旗袍上各绣一条蛇，四条蛇形状不同色彩各异，冷燕左肩上横挎着一条红底金字缎带，清楚地显示了冷燕在蛇餐馆的头衔：

蝮蛇小姐

冷燕是蝮蛇小姐?

对,冷燕跳槽成功,她现在是贺氏蛇餐馆的蝮蛇小姐了!

二十四　修红遭遇的几件事情

一个以站立或端坐为职业的女人，她能获得什么样的荣誉呢？修红对此没有奢求。

曾经有个热心于占卜算卦的女邻居预言修红蛇年之前撞大运，修红以为她说的是财运，她说，你别害我了，我买了那么多彩票，最多中个六等奖，不少钱呢——不过我也不气，中不了奖就算为国家做了贡献！

大家都说修红这样的人会交好运，修红说我不想交好运，不交厄运就行了，修红没有想到女邻居预言的好运其实不是钱，是荣誉。

修红在旅社的走廊里坐了这么多年，终于坐出了结果。本年度微笑之星荣誉属于修红。

这个结果让车站旅社的员工们感到意外，意外之余却为传统与正义的胜利欢呼起来，他们纷纷向修红祝贺：修红大姐，你是好人，这是你应得的荣誉。

修红对陈列在外面的照片感到羞愧，她说，我的照片哪能和冷燕的比，我让他们别挂出来，他们非要挂。哎呀，我天天从那照片下面走过，羞死人了，我拍员工照那天没有化妆！

年轻人劝修红不要把照片的事情看得那么重，选的是微笑之星，又不是美女之星，容貌是否漂亮摩登有什么关系？

修红被他们说得频频点头，不知是什么地方触动了修红的心弦，她突然感伤地掏出手绢蒙住了泪眼，别人都不知所措，以为什么地方不小心伤了她的心，最后他们才知道修红大姐是在为消逝的青春一掬热泪。

我进车站旅社的时候比你们还年轻呢，修红后来从她的钱包里拿出一张照片给大家看，是一群八十年代打扮的女孩子的合影，一群衣着雷同的短发或者梳羊角辫的女孩子站在当年的车站旅社门口，大多数神情拘束，看上去有点紧张，而修红是唯一的向着镜头微笑的。

你们看，我就是喜欢笑的，从小就这样，哪怕心里再不快乐，也不愿意绷着脸给人看。修红评点着自己在旧照片上的形象，也评点了显现在照片中的不为年轻一代所知的旧火车站，你们看，那时候火车站像什么样子，我们旅社也寒酸，什么都没有，哪能和现在比？

旧照片上那些陌生的女孩子引起了年轻员工的兴趣，她们纷纷从照片中选出了自己心目中最美丽的一个，然后向修红求证自己的眼光，修红的权威意见却是指代不明：这人很上照，其实不好看，牙齿是大龅牙。这女孩人品不好，偷过别人东西。有一个长辫子女孩的美貌得到了最普遍的认同，修红也不否认她的美丽，可她透露的长辫子女孩的消息却令人震惊，这人已经死了。

修红说，得胃癌死的，她还比我小一岁呢。

这消息使所有人的目光都集中在长辫子女孩身上，也让他们依稀看见了修红在车站旅社这么多年的岁月沧桑，然后他们听见修红说，你们不知道那时候进车站旅社多难，他们都有背景的，就我没有。

修红说，有背景的人不一样，他们来也容易，走也容易，现在他们都走光了，他们总是能飞到高枝上去的，就剩下我一个了，我没有背景，我知足的。

修红后来把那张照片放回钱包，忽然笑了笑，说，我的青春都献给车站旅社了嘛，现在领导让我当微笑之星，也是应该的，你们说是不是？

新微笑之星现在分成两半，一半在二楼拐角的墙上向人们微笑着，笑得真挚而毫无保留：我不漂亮，可我很真诚。

一个三十岁女人偏胖偏方的笑脸，出奇制胜，代表着车站旅社实用的平易近人的服务宗旨，另一半的修红则坐在乏味的重复的现实中，前面介绍过，修红坐在走廊尽头的桌子后面，一半是在黑暗里，旅客们无法欣赏修红的微笑。

夜班服务员大多会偷偷地睡觉，修红很少做这种违反规章的事，她守在走廊尽头，坐在那里，用一只带耳机的半导体收音机收听电台的夜间节目，有时候她听一档名叫夫妻之间的科普类的节目，主要是介绍如何使夫妻在情感生活、性生活以及家务劳动各个方面和谐美满的，还有一档节目是由听众参与的谈话节目,夜间的王牌强档"午夜心与心"。

那个名叫雪飞的男主持人面目不详,可是在无线电的传播领域,他是一个万人迷,迷倒了许多失眠症患者和夜间值班人员,其中女性居多,他们不断地打进热线,让雪飞分享内心秘密,解答他们的困惑。

修红正是无数雪飞迷中不为人知的一员,历时数年的心灵交流之后修红对主持人雪飞培养出了信任感,有一次她那么冷静的人也冲动起来,她用旅馆的电话拨打雪飞热线,一拨就通了,修红羞涩地时断时续地向雪飞坦露了她的苦恼,苦恼概括起来说有两点,一:我丈夫怀疑我有外遇,可我是个具有传统贞操观念的女人,绝对不可能有什么外遇,我该怎么办?二:我丈夫的这种表现是说明他对我的爱很深呢,还是说明他心理变态,我该怎么办?

接线员夜里也无聊,交流器显示那是来自修红服务台的电话,干脆就偷听起来,修红大姐,她竟然有这么一个苦恼?

可惜的是接线员后来再也没有听见修红进一步披露她的苦恼,只是听见雪飞用他浑厚亲切的嗓音在电话里说沟通交流宽容坦诚相待走自己的路让别人去说什么的,修红的声音消失了,很明显她提防着什么,匆匆挂断了电话。

但就像纸包不住火一样,旅社里的许多年轻员工竟然知道了修红的秘密,他们得知的秘密有点走样,修红大姐的丈夫有点变态,总是怀疑修红大姐搞婚外恋,众人眼里有杆秤,与冷燕的遭遇形成鲜明对照的是人们极其同情修红,他们背地里说，修红大姐可怜死了，那么好的一个人，嫁了一个男人不好，是变态！

可怜的修红除了得到微笑之星的荣誉之外，遇到更多的仍然是不顺心的事情，其中冷燕与修红决裂的一幕更是令人为修红一掬同情之泪。人善被人欺，说得一点也不错的，冷燕和修红，修红就被冷燕欺。

跳槽的总台小姐冷燕在收拾工具箱里的物品时，修红和几个下班了的女孩正在隔壁的公共盥洗间里洗澡，冷燕把柜子弄得乒乒乓乓地响，盥洗间里的人能听见她尖厉的声音，我的洗面奶呢，怪事，洗面奶哪儿去了？

听她的口气好像发生了失窃案了，盥洗间里的人都撇嘴，一个女孩说，她就是这个德行，把人家当贼看。

另一个女孩说，谁敢用她的东西？上次借她一块钱忘了还，她看见我就向我翻眼睛！

修红起初没说话，别人总是瞟她，似乎逼她发表意见，也就随口附和了一句，是呀，她这个人，把钱看得太重了。

不巧的是冷燕恰好这时闯进盥洗间，冷燕听觉很敏锐，听到坏话就往自己身上联系，你说谁把钱看得太重？你说我？你有脸说我把钱看得太重？

一定是个人恩怨在作怪，冷燕对修红的态度恶劣得令人惊讶，修红你撒泡尿照照镜子去，她说，谁一天到晚想着买彩票发大财的？你自己告诉我，做梦梦见中了大奖，没法把钱抱回家，在广场上急得直哭，你倒是把钱看轻了？

车站旅社的女孩们都知道冷燕和修红以前情同姐妹,最典型的例子是她们双双节食的时候合打一份饭,两个人你一口我一口地吃一份饭,都好成这样了,怎么一眨眼就变成冤家仇人似的?

张嘴骂了修红,冷燕还嫌不够,她还伸手在修红的塑料袋里搅了一下,肯定是在查找她的洗面奶,旁边的女孩们正要为修红打抱不平,看见修红脸色有点发白,而冷燕掏出了一瓶洗面奶摇晃着,我就知道在你这儿,别人的东西你拼命用,用剩这一点点了!

冷燕得胜了,她的目光因为得胜而更加严酷起来,你说我把钱看得太重?你也不算一算,这么多年你在我身上揩了多少油,修红,我看透了你啦。

冷燕摔门而去之后盥洗间里一片安静,女孩们不知道怎么安慰受辱的修红,为了照顾她的自尊,她们有意忽略了洗面奶的事,而对两个人友情的破裂刨根问底起来,你们到底怎么啦,你怎么得罪她了?她好像一口要把你吃了。

修红脸色惨白,一个劲地摇头,我没得罪她,我也不知道她是怎么回事,修红突然哽咽了一声,抹着眼泪说,微笑之星也不是我要当的,她落选怪她自己,怎么能怪我?

修红哭得很委屈,女孩们劝她,别跟她计较,她最近好像疯狗似的,好像人人欠她钱没还似的,她这种样子怎么配当微笑之星?

修红或许是问心无愧,很快制止了自己的哭声。

我没有什么对不起她的，修红说，我们志趣不相投，她心比天高，我是认命的，她不安心在旅馆工作，她长得漂亮，有资本嘛，我没有资本，我是安心的。

听修红这么说，女孩们虽然觉得有点走题，但也认为修红的表白是真挚的，她们就说，是呀，你的微笑之星是客人们投票选举的，说明你工作好，工作好拿荣誉拿奖金，她有什么可嫉妒的？

后来女孩们都走了，留下修红一个人在盥洗间里，她们知道修红洗澡特别仔细周到，就像她对待客人一样。有个女孩知道修红没有了洗面奶，要把自己的给修红用，修红婉拒了人家的好意，她说，其实我不爱用化妆品的，化妆品多用没什么好处，自然一点好。

后来修红就一个人在公共盥洗间里洗。

修红洗澡讲究严密的逻辑和科学的安排，毕竟是公用的盥洗间，貌似清洁，谁知道有没有细菌？

最保险的安排依靠的是经验。修红把三只塑料袋分开摆放，两只放在折叠椅上，一只盛放换下的内衣，一只是装洗理用品的，里面有香皂、洗发液、洗面奶（她自己的），有一只发卡和一把梳子。第三只塑料袋挂在门后的钉子上，装着干净的衣服，严禁与水汽接触。

二楼的这个盥洗间面向铁路，旅社的女员工们都在这里洗澡，女孩子来洗澡时把那块破烂的窗帘拉上了，现在修红把窗帘拉开来了，她要通风。

修红看着窗外的铁路洗澡。

火车来了修红就看着进站的火车洗澡。没有人知道修红的这个秘密，窗帘是知道修红的秘密的，铁路和火车也知道，可它们一向善于保持沉默，这么多年来火车上一定有人看见过车站旅馆里的这幅裸女图，可坐火车的人去往天南海北，他们也把车站旅馆的这个秘密带到了天南海北，怕什么呢，况且他们看见的是一闪而过的修红，他们根本看不清修红的面孔。

修红的面孔现在映在墙上的半块破镜子中，那张脸是平凡的普通的，连镜子也不一定能记住修红的脸，何况是火车上一闪而过的眼睛？修红的身体在温热的水流中自由地歌唱。

多数女性胴体在一些无人的场景下是能歌唱的，如果读者是成年人，大概懂得身体的歌唱是什么意思。

我的意思是说当一个少女纤细的腰肢迎接水流时，腰肢会唱：我是杨柳我是杨柳，请你别折断了我的柳腰。

当少妇丰满的乳房遇到鲁莽的水流时，乳房会羞耻地退缩：不害羞不害羞，请你快快住手。

而修红作为一个婚育史十分漫长的女性，她身体的歌声是坦然的堂堂正正的，有点像粗犷的号子：青春已逝，容貌平庸，身材偏胖，没什么可看，没什么可看，看别人去，别看我！

一列火车进站的声音盖住了淋浴室一直持续的水流声。修红能分辨出进站的是客车，就像以往一样，她转过身子背对着窗口，侧着头看那列火车。哐哐，哐。

二十四　修红遭遇的几件事情

第二节车厢的窗子打开了，一个穿黑色恤衫的男子歪着头向修红这里看，那张脸似笑非笑的，嘴巴做了一个轻薄的口型，眼睛一开一合地眨动着，如此明显的暗示谁不懂呢，可修红一时愣在那里不能动弹——这是一个石破天惊的巧合，雪飞先生，你为什么会坐在那个窗口看着我？

雪飞呀雪飞，你不认识我我认识你的，你那天到火车站广场来了，你们明星主持人都出来了，我让你在手帕上签名的！

雪飞，你不能这样，别人可以你不可以呀！

修红意识到某种危险，她双手遮着上身去拉窗帘，但已经迟了，从车厢那里传来那个熟悉的充满磁性的声音，他好像是在向同伴炫耀一个伟大的发现。

谁说女性中没有暴露狂？我刚才亲眼看见一个！那个声音保持着与收音机里一样的音色，可修红听见了"午夜心与心"节目中从未出现过的一些粗俗下流的词汇，她听见火车上的那个人在说，我铐（修红听得很清楚，他说我铐而不说我×），那半老徐娘的波很大，就是气不足了，像两只破足球，我铐，暴露狂！

这是九月的一个黄昏，修红在盥洗间的秘密突然失去了保护，它在黄昏的铁道线上拖着一条淫秽不洁的尾巴向站台蔓延，很有可能在夜里向无线电波中扩散。

他会在今天夜里的节目中探讨暴露狂吧？

会。修红吓坏了，直到此时修红才意识到她的秘密有多么危险。

她的眼睛里渗出了羞愧而悔恨的泪水。

暴露狂？什么暴露狂？修红从来没有预料到会有人这么骂她。

暴露狂比婊子还要难听。

有人骂金发女孩是婊子，有人骂冷燕是婊子，现在有人骂修红是暴露狂，修红情愿他骂她是婊子，也不愿意做一个暴露狂！

九月的一天，有个幸运的拾荒人在铁路路基下拾到了一只半新的半导体收音机，收音机明显是被某个愤怒到极点的人扔出来的，外壳有点破损了，但现在什么小家电质量都很好，打开一听，还好用，有个男人在里面说话，说话的声音听上去很亲切，只是谈的东西都莫名其妙，什么裸露与性心理的关系，女性的裸露是脆弱与压抑的反映呀，什么狗屁东西？

拾荒者认为这些事情谈是谈不出名堂来的，要看。换个频率，拾荒者一下就高兴了，有黄梅戏，虽然没有吊人胃口的内容，却是他家乡的戏，听着很亲切。

不用我交代大家也一定知道了，那个拾荒者拾到了修红的收音机。

二十五　不公平的交易

关于克渊阳痿的事情，我已经替他遮掩了很长时间，再遮掩下去只会让大家摸不着头脑。

人大多是有同情心的，克渊的秘密一旦揭穿，说不定对他有些意外的帮助，至少某些从事特殊行业的人从此以后心知肚明，克渊多年来扔在顺风街的那些钱，好多是冤枉钱，他如果申明一下，人家不一定收那么高的费用，多少会考虑打个折什么的吧。可是克渊从来不做申明，也许他不知道有人在这里披露了他的隐私。

这个周末的夜晚他像往常一样坐到了夜来香洗头房黑暗的内室里，他坐到那张熟悉的皮椅子上，对站在暗处的几个女孩子说，九号来，给我做一下！

上来了一个女孩，站在后面把椅子摇下来，椅子下沉的速度很快，克渊撑着坐起来，回过头去看女孩的脸。

你他妈的是不是九号？克渊说，你他妈的以为是在太平间里摇死人床呢？怎么毛手毛脚的。

女孩扭过脸去，说，你找九号，我就是九号，你嫌我手脚重,找别的小姐好了,请你别骂人。

女孩一开腔克渊就听出问题来了。

克渊说,你是什么狗屁九号?下去,让九号来。

外面的老板娘闻声进来了,赔着笑脸向克渊解释,原来的九号回老家去了,这是新来的九号,手是生了点,但人长得是绝对漂亮的。

老板娘本着顾客至上的原则,顺手打开灯让克渊看新九号的脸,你看看,长得多漂亮。

那个九号小姐居然把脸拧过去,不让克渊看她的脸。

克渊叫起来,喂,你他妈的是什么国家保护动物呀,脸都不让看,转过来,给我把脸转过来。

老板娘也很生气,推了九号小姐一把说,你这人怎么这么别扭,转过来,让人家老板看一眼,快转过来!

女孩子明显是个犟脾气,说话也不中听,她就那么拧着脸冲老板娘嚷嚷,我们说好的,不开灯,不开灯就不能开灯!我卖手,我不卖身!

老板娘又急又气,按着女孩的脖子,往这边推,往那边推,谁让你卖身啦?我这里又不是妓院!她说,你气死我了,人家是老顾客,人家从来不对小姐动手动脚的,出手还大方,你倒是转过脸,让人家看一眼呀!

女孩开始推搡老板娘,你别按我脖子,她的声音听上去尖厉而惊恐,关灯,快关灯呀,我们说好的,我只卖手,我不卖脸,为什么要看脸,我就不给看!

二十五 不公平的交易　183

其实灯是可以关上了，克渊已经认出了金发女孩。

克渊站了起来，站在旁边笑，他说，好呀，好呀。

克渊不知道自己的心情是惊喜还是错愕，他说，很好，很好。

然后他听见啪的一声，是老板娘气急败坏之中打了金发女孩一个耳光，那女人说，你这种不开化的女孩，到顺风街来混个屁呀，给我滚，马上给我滚！

金发女孩现在无法躲藏她的脸了，她的泼辣看来也是假的，让人家打了耳光，她也不知道打回去，一只手盖着脸，一只手还到墙上摸索着，试图把灯关了。可是克渊已经认出了金发女孩。

克渊盯着女孩的脸，他说，你看看你，白挨了一个耳光。

他看见了女孩凄厉而绝望的眼神，泪水已经涌出了眼眶，女孩的手从墙上缩了回来，现在她用双手有效地遮住了自己的脸，她开始哭泣，一边哭一边说，不干就不干，谁稀罕干这种下三烂的工作。

克渊没有预料到这个夜晚在夜来香的奇遇，金发女孩后来背起一个白色的小背包一阵风似的冲出了洗头房，他几乎不假思索地跟了出去。

洗头房里的人都来挽留这个好顾客，老板娘热切地介绍二号小姐，而六号小姐毛遂自荐要替克渊放松放松，他说，很好，很好。

克渊其实听不清他们在说什么，他追随金发小姐来到了夜晚的顺风街上,风很冷,霓虹灯的彩色光柱紊乱地投射在路上,金发小姐的身影在人流中漂浮着,很远又很近。

克渊忽然意识到这是多年来他第一次在街头追逐一个女孩,他觉得脸上有点发热,身体内部的某些角落也有点发热,他看见金发女孩走到一间商厦门口时脚步停顿下来了,她贴着橱窗向里面看了一会儿,又回头向街上看了一会儿,比较之下认为在商厦里走好一点,女孩就进去了。

克渊有点吃惊,刚刚还在哭鼻子呢,一转眼倒逛起商场来了。

女孩在丝巾柜台那里停留了好久,她抓起这条摸一摸,抓起那条揉一揉,似乎哪条都喜欢,可是哪条都不买。

克渊难以相信她在这么短暂的时间里就抹平了洗头房里的羞耻和创伤,她头上的金发在灯光下闪烁出快乐的光芒。

克渊说,很好。

女孩移步到手套柜台前,拿起一副白色的手套往手上套的时候,一抬眼看见了克渊,克渊对她笑了笑,笑得有点轻佻,还大可不必地挤着眼睛,也不怪人家金发女孩,她当场就骂起来,王八羔子,臭不要脸的,你到底要干什么!

克渊下意识地向后退了一步,不干什么不干什么。他说,我认识你的,你到我们公司来过。金发女孩说,什么公司不公司的,我不认识你,你到底要干什么?

克渊有点语无伦次,你不记得我了,我们见过面,他说,你别吵,我们出去谈谈好吗?

二十五 不公平的交易

女孩说，谈什么？谈价钱？找你姐姐谈去。

克渊说，我知道你不是，不是，你是那种人我也不找你谈了，谈一会儿，你要是不放心我们就在门外谈。

女孩子把手套摘下来，冷冷地看着克渊，说，我为什么要跟你谈？我不认识你，跟你谈，你付钱吗？

克渊愣了一下，说，付钱？也可以，你说个价。

女孩对克渊的慷慨没有准备，骂克渊是神经病。克渊说，我不是神经病，就是想跟你谈。女孩终于笑起来：神经病，神经病！

周围有人用好奇而暧昧的眼神盯着他们看，克渊让他们看得恼羞成怒，冲着一个老汉骂了一句，你他妈的看什么看，以为谁给你演三级片呢？

他涨红着脸，倒退着走了几步，然后一转身，逃出了商场。

克渊从来没做过此类荒唐的事。

他不知自己为什么渴望与那个陌生女孩在一起，在一起做什么？

谈一谈。

谈什么？

其实克渊不知道他想和她谈什么。

克渊站在商场外面，他现在彻底认识到自己的滑稽和无理了，谈一谈？谈你妈个×！他把自己臭骂了一顿，然后怏怏地向顺风街那儿走，他一走人家反而跟上他了。

他觉得一个东西软软地打在他后腰上,刚要骂,眼睛亮了,是金发女孩在后面用小包打他腰。

大哥大哥,你等一下!金发女孩说,谈一谈,就在这儿谈一谈,你付钱,这可是你自己说的。

克渊只好站住了。

有钱能使鬼推磨嘛,他说,很好,多少钱你说个数吧。

他看见金发女孩扭过身子,捂着嘴笑了一会,说,给二十吧,陪你谈半小时,超过半小时,就得给五十,别怪我敲你竹杠。

克渊和金发女孩的街边谈话异常简单,我们可以完全记录下来。

克渊问,小姐你从哪儿来?

金发女孩说,沈阳,沈阳你去过吗,比你们这地方大多了。

克渊问,小姐尊姓大名?

金发小姐说,张,张曼玉。信不信随你,我也叫张曼玉。

克渊说,张曼玉是唱歌的吧?

金发小姐说,什么呀,她是香港的电影明星。

克渊说,电影明星有什么,就靠一张脸吃饭嘛。

金发小姐说,他们都说我长得像张曼玉,长得像有什么用,我没有她那样的好命。

(谈话到此中断了片刻,由于谈及命运,金发小姐情绪突然低落,眼圈有点发红,克渊觉察到了她的情绪变化,他试图

二十五 不公平的交易　187

把话题引向深入，于是他提出了一个时髦而深刻的问题。)

克渊说，小姐，千禧年你有什么打算呀？

金发小姐很明显对这个问题没有思想准备，她说，也没有什么打算，就是想——想什么她没有说下去，两个人同时看见一个穿拖鞋和沙滩裤的男人从街对面向他们这儿冲过来，那男人像猎手瞄准猎物一样盯着克渊，冲了过来。

金发小姐下意识地朝远离克渊的方向闪了闪，而克渊几乎是绝望地预见到他和金发小姐的谈话提前被终止了。

疯大林来了。

疯大林说，克渊你会玩，天天不在家在街上泡妞呀！我找你多少次都找不到，原来在街上泡妞！

疯大林一来金发女孩就走了，拉也拉不住，钱也不想要了，克渊无可奈何地看着金发女孩像受惊的兔子一样，一跳一跳地跳到对面的街道上，她躲在一个广告牌后面，向克渊做了个手势，意思大概是在那儿等他。

你泡的什么妞？疯大林眯着眼睛向女孩那边张望，一看就是鸡嘛，顺风街上搭来的？

克渊有点急眼，说，疯大林，我×你妈，你会不会说话？

我才×你妈，答应我的事情不办，你在街上泡妞，泡妞算你本事，她是鸡嘛！

疯大林在克渊头上推了一下，重色轻友的东西，你还往那边看？看个屁，没见过鸡呀？你看人家跑了吧，跑了。跑了好，人家是鸡，时间就是金钱，不跑怎么挣钱？跑了好，跑了你才记得正事，我找你半个月了，德群那边的交道，你到底打了没有？

街道那边的金发女孩性子也急躁了一些，她没有耐心等到克渊把疯大林打发走，自己气呼呼地走了，克渊很想把她喊住，可是在大街上在疯大林面前又抹不开面子，他只好把一腔怨恨发泄到疯大林身上，你他妈的喝酒还没喝死？他说，我以为你已经喝死了呢。

克渊的记忆力是好的，他一直记得自己在医院里对疯大林夫妻的许诺，后悔不是克渊的风格，放下架子坦诚相告是比较容易的，但是大家替克渊想想，他怎么把泼出去的水收回来？说疯大林呀我对不住你，我自己也混得不容易，没办法帮你？说疯大林呀那天我答应你的话是放屁，我没有本事帮你，德群连我都快不要了，怎么会要你？大家对克渊有了起码的了解便知道他不会这么做，克渊后来没办法和心中渴望的谈话对象金发女孩谈什么，只好和疯大林谈，他说，走，找个地方，我们坐下谈。

克渊把疯大林引到车站广场坐着。

疯大林说，我不在这儿坐，坐这儿能看见世纪钟，看见世纪钟我就想起梁坚来，多晦气。

克渊说，你让我请你去茶室坐？你算老几？你把我女朋友气跑了——我女朋友，她不是鸡，我只跟你说一遍，以后再他妈胡说我不客气！

疯大林从克渊的面色中看出他说得认真。好，不是鸡就不是鸡,你不认识鸡是你的损失关我屁事,疯大林说,我让你邻居给你捎的酒拿到了?

克渊说,那是什么酒,他妈的,农民工喝的——我忙,得去找她,去吃海鲜去。

疯大林脸上有点窘,他说,你现在是阔了么,吃海鲜,好酒说是孬酒。

克渊说,你不用跟我来这一套的,送什么酒呀?你的事情我一直放在心上,别急,有了下文我会找你的。

疯大林说,等你有了下文我没有下文了呢,腰鼓说我要是再找不到像样的工作,就该跳楼去——不,腰鼓让我学习梁坚,跳世纪钟去。克渊说,开玩笑的嘛,她要是再这么说,你不会扇她?

疯大林笑起来说,你是光棍打惯了,不知道什么叫现代夫妻,谁扇谁呀?不过我倒是吓唬她了,我舍不下她,一个人留在世上受苦,要跳我们一起跳,好歹跟梁坚跳得不一样了,夫妻双双把钟跳,还是能轰动的吧。

克渊说,我看你现在有点不正常了,穷疯了?

疯大林说,怎么不是,你说现在什么事情能把我这样的人逼疯?就是个穷字。

克渊沉默了一会儿,从口袋里掏出钱包,两根手指利索地伸进去拈出一张百元的钞票,他看看疯大林脸色不对,误会了,又去拈,结果疯大林突然骂起来,克渊我×你们祖宗十八代,我×你们祖宗三十六代。

克渊不知所以然,返身揪住疯大林,你他妈的是疯得厉害,我好心派钱给你你骂人?

疯大林铁青着脸扳开克渊的手,骂的就是你,你把我当什么东西了?啊,我疯大林混得是不好,混得不好就得要饭啊?啊?你牛皮怎么掏的是人民币,怎么不掏几张美元出来?怎么不掏几张英镑出来?

疯大林气坏了,他的瘦长的身体像一条愤怒的虾,弓着跳了两下,突然就把什么都放弃了,他提了下沙滩裤,脸上流露出一种高贵的表情,说,算了算了,我找你不如找居委会呢。

克渊让他这一手弄得丢尽了脸面,就在后面说,好,去找居委会吧。

其实克渊这时是一个解脱的机会,克渊如果回头去追金发女孩也许能追得上,也许关于疯大林的噩梦就摆脱了,可克渊不是那么猥琐的人,他一边给德群打手机,一边回头看疯大林,正好看见疯大林也站在那里,回过头来看着他,两人在广场上的这种对视,其目光的深度和广度很容易让路过的人怀疑,怀疑这两个男人有着什么不正常的性关系,大约过了一分钟,克渊扭过头向美丽城那里走去,疯大林追了上去,疯大林做出了一个令我们都意想不到的举动,他堵着克渊的去路,突然跪了下来,疯大林的膝盖卑贱地跪着,他的声音听上去却保留着必要的自尊:

克渊,我给你跪下了。

帮不帮我的忙,你看着办吧。疯大林说。你看着办。

二十六　冷燕在蛇餐馆的新生活

吃是美丽的，人们的嘴里潜藏着无限商机，有头脑的人都懂这一套，而有头脑又有投资实力的人其实能当嘴的管理者，他们在千禧年前纷纷将资金调整到吃的事业中，大家嘴馋，愿意去捧场，吃这个吃那个，什么都有兴趣尝一尝，在一种默契而亲密的供需关系中，我们这个城市火爆的餐饮业名声传遍四海，不是一般的名声，据晚报报道，我们这里人在餐饮上的消费指数列全国第二，亚洲第七，在世界范围内也跻身五十强啦。

贺氏兄弟开设在美丽城的蛇餐馆吸收了国际先进的餐饮理念，走的是美食专业化集团化的路子，管理上则采取了港台的五星餐厅通行的模式，一切都以标准化透明化为经营主导，销售的所有毒蛇和无毒蛇都展示在玻璃箱里，顾客看上了哪条蛇就抓哪条，过秤之后，顾客可以亲眼看着厨师在工作台上宰蛇，开膛破肚，放蛇血，挖蛇胆，之后的烹调过程也光明磊落地让顾客参观或者说是监督，总而言之，一切服务印证着蛇餐馆的庄重许诺：吃我们的蛇，请一万个放心。

过去发生过的一次员工被毒蛇咬伤的意外事故使餐馆方面蒙受了不小的损失,贺氏兄弟在律师的指导下制定了与所有员工的劳动合同,这份劳资合同由于内容独特,极具超前意识而被推广到所有的蛇餐馆,有关事项主要体现在合同第三款的员工培训制度中。

以下是蛇餐馆与员工合同第三款摘抄:所有应聘本餐馆的新员工必须在一个月内通过《爱蛇训练与检测计划》,不能通过者餐馆有权对其提出解聘。

冷燕起初是不知道这个计划的,由于跳槽心切,她没有细看劳动合同就在合同上签了字。冷燕进入蛇餐馆以后发现每一个引座员都有一个与蛇相关的艺名,听上去不是很浪漫,但无形中渲染了餐馆特有的气氛。

她是蝮蛇小姐,她和蟒蛇小姐、眼镜蛇小姐、响尾蛇小姐作为蛇餐馆的四个形象代表,分别穿着黑色、红色、金色、银色的旗袍,旗袍上绣着她们各自的蛇徽,冷燕的旗袍上绣的当然是蝮蛇。

几天来冷燕一直摆脱不了一个强烈的念头,她想和穿银色旗袍的响尾蛇小姐交换一下旗袍和蛇徽,虽然蝮蛇与响尾蛇都不是冷燕的选择,但银色是冷燕一直酷爱的颜色,并且她有充分的自信,可以证明那件银色的旗袍穿在她身上将更加适合,冷燕试探了响尾蛇小姐,响尾蛇小姐具有大专学历,什么样的试探都听得出来,就是她第一个为冷燕敲了警钟,别急着换旗袍了,到时候谁穿这些旗袍还不一定呢,我们都没通过"爱蛇"计划呢。

响尾蛇小姐尽管将一个复杂奇特的培训计划简称为"爱蛇计划",冷燕还是有一种上当的感觉,她听着响尾蛇小姐粗略地描述计划中的第一个单元,脸就白了。

响尾蛇小姐说,第一个单元算是容易过关的,考你的基本素质,让你把一笼蛇放出来,大概二十条蛇吧,放出来后再把它们一条条放回笼子里,这不算太难,你杀过黄鳝的吧,你把蛇当黄鳝就行了。

冷燕叫起来,我不杀黄鳝的,我连黄鳝都不敢抓,让我怎么去抓蛇呀?

响尾蛇小姐有点爱莫能助的样子,说,你怕蛇呀?怕蛇为什么到这里来工作?

冷燕不好意思把她当蛇小姐的动机透露出来,总不能这么坦诚地告诉别人是图这儿的薪水高吧?

冷燕就白着脸说,我不检测,不检测,吓死人了,他们怎么想起来的?谁想出这个点子不得好死!

响尾蛇小姐比冷燕年轻,观念也就先进一些。还不是培养员工的敬业精神嘛,她说,现在就时兴这些管理模式,没办法,你不做这个检测肯定留不下来的,你留不下来就在这儿白站一个月,给你五百元工资,两千三你是拿不到了。

响尾蛇小姐直指"爱蛇"计划对员工的要害,冷燕的表情看上去有点软弱了,她说,我也不是为了两千三来这儿的,主要是我们那个旅社没什么发展,餐饮业现在最有前途,只要做得好，比银行还要保险，人长一张嘴，除了说话就是吃嘛。

响尾蛇小姐同意冷燕对蛇餐馆前途的分析，但她看来对自己能否通过爱蛇计划也没有把握，她滔滔不绝地谈起了另外两个单元，在她看来第二个单元可能会刷掉一些人，让你亲手杀一条毒蛇呀，说是培养员工的自我保护能力，我知道他们的动机，你能对付毒蛇，你不被蛇咬，他们就不用支付赔偿金啦。

响尾蛇小姐多少有点卖弄学识，说，我们老师上课时说的，商业归根结蒂就是追求利润的，即使利润是在死人的脚指甲里，你也要把它抠出来。

冷燕在一旁说，利润不就是钱吗，我也可以当老师的，我平时一直对我哥哥弟弟说的，只要不犯法，什么钱都要去挣，什么钱都要敢挣。

两位蛇小姐聊着聊着就谈到了最奇特的第三单元，也就是那个奇妙的与蛇共舞单元，这个单元是附加赛性质的，主要是为了蛇餐馆以后向大型化俱乐部夜总会发展挖掘特殊人才，其灵感来自于泰国湄公河流域的耍蛇女郎，与蛇共舞的难度在于你不仅要消除对蛇的恐惧心理，而且要把蛇当成一个特殊舞伴，让它绕在你的脖子上、肩上、腰上、腿上，让它驯服让它妩媚，让它与你一起为顾客们翩翩起舞。

反正与蛇共舞是附加的检测，通不过也没有关系，响尾蛇小姐说，反正我也不一定非要在这里发展的，我不和蛇跳舞，你呢？

冷燕没有回答响尾蛇小姐的试探，由于四个蛇小姐之间笼罩着隐隐的竞争气氛,谁知道谁是谁的垫脚石?

许多事情你是不能和盘托出的,冷燕答非所问地说,后悔药吃不得,人到了这个地步只能咬紧牙关了,还有什么可怕的?

响尾蛇小姐善于观察别人,那天她从蝮蛇小姐浓妆重彩的脸上看见了一种苍茫的神情,蝮蛇小姐的眼睛充满了令人不解的哀伤,很快那哀伤消失了,那双令人印象深刻的美丽的眼睛里闪烁出灼热的光芒,她高挑挺拔的身影向蛇餐馆的门口款款而去,每一步都向响尾蛇小姐透露着一个强烈的信息,挑战自我,与蛇共舞,挑战自我,与蛇共舞!

我们后来得知冷燕在十天以后顺利地通过了"爱蛇计划"的全部检测项目,包括附加的与蛇共舞单元。

蛇餐馆的所有目击者都惊讶于冷燕在检测过程中丰富的感情流露,尤其是她在宰蛇时采用的独特而简洁的方式,她是用自己的高跟鞋鞋跟把一条毒蛇活活敲死的,她敲得准,敲到了蛇的七寸,敲得也狠,好像一个被强暴的刚烈女性在敲打歹徒肮脏的心。

后来在高难度的与蛇共舞单元中,人们见识了冷燕的舞艺,冷燕走的是探戈的舞步,步法娴熟而热烈,盘在她身上的那条无毒蟒蛇似乎也被冷燕不寻常的勇气所折服,它几乎是完美地配合了冷燕,在冷燕突然回头亮相的时候,蛇的脑袋也昂起来,像一个忠实的男舞伴,与冷燕一起演绎了浪漫的热力四射的拉丁风情。

于是蛇餐馆里的所有人,包括贺氏兄弟和他们的投资伙伴都一起鼓起掌来。

冷燕在以最高得分通过"爱蛇计划"检测以后躲在更衣室里哭了。

其他几个蛇小姐的检测结果并不令人满意,眼镜蛇小姐连抓蛇进笼的检测都没有通过,已经在收拾东西准备离开了,她们都困惑地围着冷燕,追问她非凡的勇气究竟来自何处,冷燕只是一个劲地哭,她说,你们还年轻,我的心情你们不懂的。

响尾蛇小姐勉强通过了必要的检测,她看着冷燕若有所思,突然问,你对蛇这么一下恨一下爱的,一定有什么诀窍的吧?

冷燕沉默了一会儿,说,是的,我把它当一个人了。

蛇小姐们没有再追问那个人是谁。但冷燕既然这么说了,我们猜那个人应该是冷燕已故的丈夫梁坚吧。

什么秘密一旦能够拉出线索就不是秘密了,它其实是关于冷燕对梁坚的爱与恨的秘密,我们可以这么说,冷燕用高跟鞋敲击蛇的七寸时眼前浮现出的是浪荡子梁坚的影子,在梁坚刚刚开始发生婚外性行为的时候冷燕确实用高跟鞋在他颧骨上敲出了一个圆形淤痕,好像加盖一个惩戒公章,这一点梁坚的家人都可以作证,可冷燕在与蛇共舞的时候她的灼热的感情又是来自何处呢?

令人颇费思量,有的人会提及她与彩票发行办公室小陈的感情纠葛,但明眼人都知道那不是典型的纯正的爱情,男的在这场爱情游戏中有所保留,女的则更多地追求了效益,那个人绝对不是小陈,是谁呢?是谁?谁有资格借蛇还魂与冷燕共舞一曲呢,还是那个死鬼梁坚。

人们不禁回忆起冷燕当年与美男子梁坚的热恋,他们是热恋过的——当时的社会风气没有现在这么堕落,天性堕落的梁坚无处堕落,他只好天天陪着冷燕去跳舞,这件事情我们所有城北地区的同龄人都可以作证的,当年梁坚和冷燕新婚燕尔的时候曾经出没于城里的各个舞厅,带着一只可爱的小鬈毛狗,小鬈毛狗让夫妻俩驯服得非常乖巧,它会为主人的舞艺鼓掌的。

这样有人很自然地想知道那条小鬈毛狗的下落,去问冷燕,冷燕会告诉你,让他卖了,卖了四百块钱——最好别去触及冷燕的隐痛了,最好大家能原谅冷燕的所有个人奋斗,好的,坏的,无损他人的,或者损人利己的,相信大家都记得冷燕当年是城北地带的四大美女之一,我们看看其他三个美女的幸运就该理解冷燕了,珠珠的美貌获得了最好的归宿,她嫁的是一个纽约唐人街的中餐馆老板,现在是美籍华裔。巫小琴的美丽成功地献给了戏曲艺术,人家虽然现在不能演戏了,可听说是国家一级演员。第三个美女牛丽君私生活虽然一直混乱,可混乱归混乱,人家弄到了不少钱,成了富婆,新公寓房就有两处,一个冬宫,一个夏宫,冷燕去过牛丽君的夏宫,牛丽君让冷燕就公寓的装修发表意见,冷燕沉默不语,突然说,我想杀个人!

人都是有恻隐之心的,看看命运对冷燕多么不公,就是杀上三个人,也不一定能消除冷燕对命运的怨恨。

二十七　克渊去上辅导课

德群有蛇餐馆的贵宾卡，由于德群极其信服蛇胆泡酒的药用价值，每隔几天他到下面的蛇餐馆喝一次蛇胆酒，顺便去吃一条蛇。

有时候下去见人，就让克渊陪他去，克渊知道一旦德群让他去蛇餐馆，一定是欠债的人来请客铺路了，他必须带上他的小榔头去上一堂辅导课——这话怎么说，请随他们下电梯到蛇餐馆，坐下就知道了。

他们在蛇餐馆的门口会遇见蝮蛇小姐冷燕，冷燕满面春风，和四个蛇小姐分立台阶两侧，她按照服务公约向来宾弯着腰说，你们好，欢迎光临。

德群目不斜视地穿过四个蛇小姐组成的方阵，后面的克渊一只手插在口袋里，经过冷燕面前的时候他总是要盯着她旗袍上的那条蛇看。

蝮蛇小姐，他对冷燕饶舌，我们谁跟谁？我好不好你还不知道？我不好，一点也不好！

蝮蛇小姐冷燕从来不为德群克渊引座，反正蛇小姐不止她一个，看着那两个人走过去了，冷燕便轻蔑地笑起来，说，这两个人，一个是暴发户，一个是放屁虫，他们自以为是什么人物呢，让他们来吃，吃，把钱吃光了就去偷去抢，蹲监狱去。

这冷燕一贯是门缝里看人，她把克渊叫做放屁虫也有信口雌黄之嫌，殊不知人人头上一方天，暴发户和放屁虫来到桌子前，受到的是其他人隆重的礼遇。

有人给德群点香烟，有人给克渊拉椅子，冷燕你看不见？何况你也歪曲了事实，德群和克渊双双出现在蛇餐馆时，他们从来不埋单，他们来上一堂辅导课，自然有人为他们埋单。埋单的人你冷燕怎么也猜不到的，是那些欠债累累的倒霉鬼！

倒霉鬼勉强保留着最后的体面，西装革履，公文包仍然夹在腋下，有的身边跟着最后一个忠实的马仔。可克渊在这个行当里泡了几个月，专业水准已经大幅度地提高，他能看见这人身上除了一套西装和一双皮鞋，只有一只过时的手机价值百元以上。

克渊对德群吹嘘过他现在一眼能辨认出别人的身价，有十万元的人最得意，手机像手榴弹一样别在腰上，五十万身价的人穿衣服最考究，人开始发胖，身边跟着一个来历不明的美女，财产百万以上的人有点不同了，他们开私家车，热衷于健身什么的，反而穿着随便一些，吃得很有营养但人却不胖，车上坐着的美女就不止一个了，美女的身份是混乱的，有的可能是他的妻子，有的是情人或者秘书，有的则什么也不是，是应召陪着玩的。

德群听克渊夸夸其谈就反感，冷不防刺他一句，那亿万富翁是什么样的，你说说看？

克渊便卡壳了，他茫然地回忆了一下，最后想起李嘉诚在电视上的样子，不甘心地说，怎么不知道？他们都很黑很瘦的，比我还黑，比我还瘦。

事实上德群去见富翁们时总是带着三三他们，他用人有度，谁适合什么场合谁不适合心中自有算盘。克渊总是被德群带到蛇餐馆去与那些欠债不还的人见面。

这已经成为拉特公司正常运作下的基本模式，临走时德群不忘关照克渊，把你的小榔头揣口袋里。

克渊把榔头放在餐桌上。

按照德群的布置，他不参与对还款日期还款方式的谈判，他负责表演生吃蛇段的项目，不用说话，只负责吃。

所谓的生吃蛇段是德群从日本人吃生鱼片的习俗中借鉴过来的，他让克渊吃，榔头的功能是综合型的，除了把蛇段捣碎，它放在桌上对欠债人的震撼力不言而喻。

克渊起初不愿意服从德群安排，他强调生蛇不是生鱼片，不能这么吃到肚子里的，他还对德群说你说好吃自己怎么不吃，克渊很快从德群的眼神中意识到他这么说话很不妥当，德群的眼神明显是个最后通牒，克渊，我现在不让你动刀子不让你放人血，让你吃点蛇你还在这儿扭扭捏捏的，你到我的公司来一分钱的创收也没实现，让你吃蛇你还不干？不干就给我滚，滚呀！

克渊衡量了一下利弊，就改了口说，吃就吃，生蛇熟蛇都是蛇，一样的吃，德群你让我生吃人肉我也只好吃，你是老大嘛。

他们与蛇餐馆的经理贺二是很熟的，贺二为克渊的表演提供了方便，他推荐的一种大青蛇肉质细嫩，生吃起来味道独特而鲜美，对于生蛇肉的味道，克渊经历了从厌恶到适应的过程，后来他其实是喜欢上了大青蛇的味道了。

这里面当然有贺二的功劳，为了在克渊嘴上试验出一道创新的蛇菜，贺二主要在调料上下了功夫，他端给克渊的调料有芥末、蒜泥、豆豉、花椒等近十种，让克渊选出最好的搭配，但克渊口味重，他坚持所有这些调料掺在一起，生蛇肉的味道才更好一些。这会提高餐馆方面的经营成本，贺二心里不悦，却不便反驳，只是对德群打趣道，你这个手下胃口大。

德群从来不介入蛇肉味道的讨论，他是醉翁之意不在酒的，克渊不傻，他清楚德群带他来不是让他吃得好，而是把自己作为一种核武器亮出来了，核武器不能随便使用，德群很守法，他又不想犯法又要征服别人，一个天才的念头就冒出来了，克渊配合榔头，榔头配合克渊，就像武侠电影里的黑风双煞，你不怕克渊怕不怕榔头？你不怕榔头怕不怕克渊？

德群绝对不干寄猪耳朵吓人的蠢事，他就让克渊和榔头出马，再愚钝的欠债者也会明白的，不还钱不行，这不是儿戏了。

克渊现在很清楚榔头对他的意义，只要他榔头用得好，德群就满意了。

克渊的榔头用得已经很好了。他把服务生端上来的蛇段一块块铺在案板上，蛇的脑袋不能食用，可是出于特殊的目的，克渊要把蛇的脑袋也放上来。

克渊先对付那些带血的蛇段，由于德群关照要溅一些蛇血到人家的脸上，克渊的榔头敲下去必须非常利索，让对方来不及躲闪。

德群吩咐克渊把蛇肉往嘴里吞的时候要看着人家，要像吴孟达那样笑，克渊看过的香港电影也不少，他知道吴孟达是怎么笑的，开始的时候笑得不自然，后来就自然了，兴许笑得比吴孟达还要恐怖一些。

克渊是吃过社会饭的人，有些事情上有点笨，有些事情却是一点就通，德群后来干脆不再用眼神指挥克渊了，由着克渊尽情发挥。

克渊的发挥带着一种创造，比如他剁蛇肉的时候墩板会发出惊心动魄的声音，听上去很像人的威吓：怕不怕怕不怕？

在别人惊慌的注视下克渊完成了他的大部分作业，然后进入精彩的尾声了，这个时候德群已经显出很不耐烦的表情，德群说，克渊，这饭不吃了，我们走。克渊就说，走什么，脑袋还没有解决呢。

克渊对准闲置多时的蛇脑袋，挥起小榔头，啪的一声，大青蛇的脑袋发出清脆的爆裂声。怕不怕怕不怕？脑袋开花脑袋开花！

克渊把蛇的脑袋扔在人家的盘子里，蛇餐便用完了，辅导课上完了。

克渊跟着德群扬长而去，从眼角的余光里他可以看见欠债者煞白的脸，这么精心设计的吓人方案，他不怕才怪呢！

克渊一方面感到得意，另一方面对辅导课的效果并没有把握，有钱不还的人毕竟是少数，大多数欠债者好像存心气死拉特公司，他都让你吓得尿裤子了，可你要跟他敲定一个拿钱的日期，他仍然说的是那句话，今年年底，年底一定还。欠债的人也把希望寄托于今年年底，年底就是千禧年呀。

克渊对千禧年怀着一种莫名的敬意，因此他听见这个还钱的日期特别愤怒，千禧年天上就能掉钱下来？

克渊一边走一边骂，千禧年也救不了你，到时候别人去买春联，你给我去买上吊绳！别人上楼顶看焰火，你到楼顶上去跳楼！

克渊经过蝮蛇小姐冷燕面前时，听见冷燕在对他说，谢谢光临。

克渊说，谢什么谢，钱又不是你挣的。

他注意到冷燕向他投来的厌恶的目光，冷燕轻声嘀咕了一句：神经病。放屁虫。

克渊不在乎冷燕对他的污辱，他盯着冷燕旗袍上的那条黑色的蝮蛇，突然没头没脑地说，去看电影怎么样？

冷燕仍然保持着微笑，但她用手遮着嘴，轻声地说了一句，约你嫂子去看。

克渊没说什么，倒是前面的德群嘻嘻地笑起来，克渊知道德群在笑什么，所有的顺风街的朋友都知道克渊约冷燕出去看电影，约了将近二十年，也没有约成功。以前不成功，他有借口，现在梁坚死了，他再也找不到借口了。

瞧不起你就是瞧不起你，对于冷燕这样的女人，克渊也没有办法。但是德群向克渊透露的一件事情让他突然感到胃部不适，克渊后来一直在停车场的大垃圾箱那里呕吐，吐得眼泪都掉出来了，所有的蛇肉都吐出来了。

德群透露的事情与克渊的胃毫无关联，也不知道克渊怎么会吐成这样，德群只是说冷燕这个人为了达到自己的目的，什么事情都肯做，他一口咬定冷燕进蛇餐馆之前和贺大上过床的。

克渊不相信，说，贺大比我还要丑，他丑出国际水平来了，冷燕怎么可能——德群对克渊这种落伍的观念抱之以冷笑，他说，你这种脑子，我都懒得跟你讨论女人，告诉你，这事是贺二亲口跟我说的。

克渊仍然半信半疑的，然后他就听见德群不怀好意的嬉笑声，你不行，看电影她也不干，德群说，你如果有出息了，你如果当上哪个证券公司的经理，看着吧，她不光陪你看电影，陪你干什么都行。

后来克渊就吐起来了。

克渊呕吐的时候头脑一片空白，只记得他嘴里在不停地重复别人给冷燕起的难听的绰号：变相鸡，变相鸡！

二十八　十一月的火车站广场

十一月的火车站广场节日气氛已经很浓重了。有关方面吸取了别的兄弟城市的经验，让火车站亮起来，一定要亮起来。

一个代号为 2001——L11 的建筑物亮化执行标准应时出台，整个广场都在为节日灯光而忙碌。所有未达到亮化指标的单位、商家都在紧张地加装霓虹灯，一个为流行歌星们世纪巡回演出准备的露天舞台在世纪钟下一夜之间搭建了起来，一个国际品牌的牛仔裤、一种中外合作生产的螺旋藻营养液、一种本地拳头企业出产的环保型节能冰箱分别在广场上架起了红色的广告桥，广告桥远看很像三座宏伟的大拱门，从高处俯瞰，广场上来来往往的人都在拱门里走，暗合了广告桥设计者事先的创意：告别二十世纪，走向二十一世纪。

广场也一天天嘈杂热闹起来，你不知道哪来这么多的人，带着一种喜洋洋的神情在广场上站着坐着，有的是成群结队的团体，是自发或者随旅行团来旅游的，也有的团队更准确地说是团伙，他们到广场上来不是为了享受二十世纪最后一个秋天的阳光，他们的眼神鬼鬼祟祟，内心藏着不可告人的目的，有人会突然拉一下你的袖子，说，老板要住宿吗？

拉你的人也许是一个面相木讷穿着朴素的妇女，你千万别理她，在这里我们主要奉劝那些中老年男性，如果存在着这样那样的苦闷，最好通过健康的方式去排解，千万别上她们的当。

也有人会影子似的追着你，问你要不要生活片，这生活片到底是什么玩意，这里也不宜宣传，反正你别理他们，退一万步说，让你买了他的生活片你也是上当的，因为他带你去厕所给你的是空白的碟片，浪费钱不说，还犯法。

反正记住这个法则就行了，别理他们别理他们！

这里还要提醒大家注意的是一群聋哑的少男少女，十一月以来他们一直行踪蹊跷，游魂一样在出站口进站口和公共厕所忽隐忽现，哪儿人多就往哪儿钻，明亮的眼睛盯着人家的行李和钱包，大家小心自己的东西，即使你是在厕所解手。

当然过分的紧张也是不必要的，车站方面绝不会让任何人毁了好不容易创建的文明车站的荣誉，你是聋哑人也不行，这里顺便向大家透露一个好消息，车站派出所正在密切注意这群聋哑人的动向，也在暗中调查他们的来历，而且为了提高工作效率，车站派出所临时从其他地方抽调了三名懂得手语的警员。

流行歌星们迟迟没有到达本市，广场上的露天舞台闲置在那里，就像一块无人认领的黄金。

好多单位看上了这个露天舞台，有人要出高价租借这个舞台，但他们是要来销售过时压库的服装，没有什么宣传教育意义，还有人要在露天舞台上支几把遮阳伞，办一个音乐茶座，都是看上了车站广场这块宝地，头脑发热，出的价格都不低，但是广场管委会不为所动，他们考虑的不是商业效益，而是社会效益，最后还是彩票发行办公室拔得了头筹。

十一月十一日，世纪财神彩票终于在城市的四个发行点同时开彩，车站广场这个点由于依附于露天舞台，所有的奖品都高高在上，二十辆桑塔纳轿车是大家在二十世纪看见的最丰厚的奖品，那当然是真正的大财神，它们披红戴绿，在舞台上排成一个花环的形状，像二十个歌手在舞台上提前高唱世纪之歌，而一等奖二等奖三等奖四等奖五等奖甘作配角，它们堆放在舞台的下面，各就各位，摩托车们在一起，冰箱们在一起，二十九英寸的彩色电视机在一起，二十一英寸的彩色电视机在一起，纯羊毛毛毯在一起，棉织毛巾毯在一起，不粘锅在一起，磁化杯在一起，甚至纪念奖奖品牙刷、百洁布、肥皂、餐巾纸也落落大方地面对着十一月的人们贪婪的目光，所有的物品本着共同的奉献精神，为二十辆桑塔纳轿车发出了整齐的和声，开彩了开彩了开彩了！

车站广场快燃烧了，车站广场快爆炸了。

人群的高度密集使广场上空气中的氧气稀薄，二氧化碳急剧增加，好多人一边往露天舞台焦急地撞过去，嘴里抱怨着空气中的臭味。

谁这么缺德，谁在放屁？

其实也不一定有人放屁，这么多的人拥挤在一起，散发出一点气味也是在所难免，克服一下就行了，或者，你就像修红那样，用一块手绢蒙住你的鼻子。

修红用一块手绢蒙着鼻子在人堆里穿行，修红的双手紧紧地抓着二十张刮开的彩票，左手抓着十七张废票，那上面一律印着两行花体字：千禧年快乐。谢谢参与。

别人都把废票扔了，扔得满地都是，修红不愿意扔，她认为没得到奖品保留着彩票也是有意义的。而她右手的三张彩票中有一张是一蛇加一颗星，两张是红蛇没有星，这意味着她得到了一个八等奖和两个纪念奖。

八等奖是一只不粘锅，纪念奖是两把牙刷，修红知足了，她本来就没有指望刮出八蛇加八颗星，桑塔纳小轿车不是人人都有那个运气开的，况且修红设想过，万一她刮到了小轿车麻烦一定会很多的，不会开车倒是次要的，修红设想的麻烦是如何面对众人的嫉妒和领导的批评，她是利用上班时间溜出来的。好，你还是微笑之星呢，微笑之星就是这个觉悟，上班时间溜出去刮彩票！

修红用一块手绢蒙着鼻子在人堆里穿行，一方面隔绝了不好闻的气味，另一方面也算是必要的掩护，谁知道人堆里有没有车站旅社的同事？

人如潮水，修红能看见堆放八等奖奖品的工作台了，可她就是走不过去，四面都有人堵着她的去路。

修红对前面的人说，让我过一过，我去领奖品。

前面的人指着更前面的人，说，他不让我过，我怎么让你过？大家都是领八等奖嘛。

后面有人踩修红的脚，修红说同志你别踩我呀。

后面那人也不道歉，竟然牢骚满腹地说，这么多人，怎么能不踩脚，我的鞋帮都让人踩断了，你看看，看看。

修红不是那种喜欢吵架的女人，她忍让地站在那里，尽量在别人的推拥下保持平衡。修红看了看手表，突然感到一种莫名的心慌，为了领这个奖品，她已经在人堆里挤了二十分钟了，车站旅社中午打卡的时间快要到了。

这么多年来修红打卡都是满勤，她没有想到为了领不粘锅会妨碍她打卡，二十分钟了，不粘锅和牙刷就在那里，可她就是过不去。

修红有点着急了，她向工作区那里的人挥舞着手里的彩票说，同志你们要维持秩序呀，这么乱怎么行，我们都要赶着去上班的！可是修红听见自己的声音在广场上巨大的声浪中湮没了，好像一条鱼吐了一个泡泡。

这奖不领了，不领了！

修红情急之下便说了意气用事的话，别人听不见，前面的那位转过头来说，为什么不领，那不粘锅很好用的，去商场买好几十块钱呢。

后面的人也在后面说话，说的是另外一个意思，他说，排都排了这么长时间了，你不领你的锅就让工作人员私吞了。

修红其实是不舍得放弃那只锅的，进退两难之间她又看了看手表，说，再等五分钟，拿不到我就走，他们私吞就私吞吧。

从修红这里可以看见临近的二等奖奖品台，那种六蛇六星的彩票很罕见，因此那里一直很清闲，突然之间有个戴眼镜的知识分子模样的人过去了，他得到了一台大容量的新型无氟冰箱，这边八等奖的队伍就骚动起来，他运气好他运气好。

修红也忍不住附和，他运气好。

只有修红自己知道她是多么想刮到那台冰箱，只有修红自己知道自己家里的冰箱整天蜂窝般叫个不停，冷冻箱的温度和冷藏箱居然是一样的。修红最渴望刮到一台冰箱，可是她只刮到了一只不粘锅。

这个人不穷的。修红踮着脚看那个人的背影，她说，有钱人运气也好。

修红这么盲目地评价着那个陌生人，自己也知道其中流露出怨天尤人的情绪，又说，人家运气好是人家的运气，眼红不得。

然后她看见一台硕大的白色的冰箱被几个小伙子抬了出来，八等奖的队伍中有人七嘴八舌地评价着那台冰箱，有人说，颜色不错。有人一眼便知冰箱的功能，说，无氟的，节能的，大冷冻小冷藏的！

修红看见一个人的手斜刺里伸出来，那只手的用意明显，它要去打开冰箱的门看看里面的构造，戴眼镜的那人不让看，说，你干什么？

手的主人说，看看，看看嘛。

冰箱的主人说，看什么？有什么可看的？

这样修红看见两个人的手臂在空中交战起来，抬冰箱的几个人一起嚷嚷起来，别打别打，冰箱倒下来了。

修红似乎预感到了什么，她嘀咕了一声，怎么这样乱，会出事的。

修红回头向车站旅社那里看了一眼，只从人群的上方看见旅社楼顶上的一排彩灯，那排彩灯白天看不出名堂，到了夜间它们就会变成2001的彩色标志，修红突然感到心慌，打卡的时间已经到了，车站旅社近在咫尺，她却回不去，修红觉得这种荒诞的情景有点像梦境，水井就在眼前，你渴得嗓子冒烟，偏偏就走不到水井边，一个坏人尾随着你，你丈夫就在家门口与人下棋，你喊他他却听不见，修红现在突然记起了那些容易被遗忘的梦，她做过好多这样的梦。

十一月的一天，修红分不清这是梦还是现实了，她明明要回到旅社去打卡的，可是那么多人从前后左右推搡着她，压迫着她，她听见许多人疯狂的尖叫声，冰箱倒了冰箱倒了踩人了踩死人了踩死人了！

修红在尖叫，奇怪的是她听不见自己的声音。

广场恐怖地沸腾着，一个不善于尖叫的女人，其尖叫声像一场暴风雨中最小的雨点，很快被巨大的声浪湮没了。

莫名的恐惧感现在变得具体了，前面踩死人了，踩死人了！

修红是个行动有点迟笨的女人，但是多年从事旅馆业所接受的逃生训练帮了修红的忙，她顽强地向后面跑，推开所有阻挡她后退的人体，后面也有人摔倒在地了，修红意识到那也是个女人，她的脚踩到了那个女人柔软的身体上，女人发出了一声尖叫，别踩我！救命！

修红说了声对不起，她顾不上帮助那个不幸的女人。

修红奔逃途中后面有人跟着她逃，那个人比她更慌张，有时推她，有时为了避免自己跌倒，竟然把修红当做一个平衡器一样又抓又捏的，修红感到自己的红色制服被那人撕裂了，原本嫌紧的肩膀腋下一下有了宽松的感觉，除此之外她还听见了乳罩上的扣带崩断的声音，她的臀部和乳房被别人失去控制的手肆意侵犯了好多次，所有有失体统的事情都发生了，修红顾不上这些，她向着车站旅社的方向顽强地奔逃，在撞倒了最后一个老妇人之后她突然看见了暗红色的广场砖，脚和人体间特有的弹性消失了，修红反而崴了脚。

她看见了广场上的阳光和人群，好多人站着向出事地点张望，意味着他们处于一个安全的地域，修红一下子就放松下来了，她满头大汗地往观望的人群里钻，听见别人在问她，踩死人了？踩死几个人？

修红说，疯啦，现在人都疯啦！

修红惊魂甫定，从别人的目光中发现了自己狼狈的形象，她的红色制服袖子裂了一个大口子，纽扣也几乎全部脱落了，不该暴露的部位现在都暴露了。

修红又羞又急，看见有个男人手上有一件雨披，她就跑过去说，同志，请你把雨披借我用一下。

那个男人却小气，说，我把雨披给你，等会儿下雨我怎么办？

修红没有估计到这个小小的求救要求会遭到拒绝，她说，我会还你的，我就在车站旅社上班。

那个男人仍然不为所动，他指着车站百货商场的方向说，那里有雨披卖，你不会自己去买吗？

修红惊愕地看着那个男人忠厚的脸，她说，你这种男人，怎么这样？

修红站在那里浑身颤抖，双臂紧紧地环抱着自己，她看见周围好多人都用好奇的目光看着她，他们不看那个小气的缺乏同情心的男人，他们盯着她看，嘴里还在议论，她从里面跑出来的，你看她手里还抓着兑奖券，好危险，兑奖差点把人命一起兑了！

修红这时才意识到她手里一直抓着那几张彩票，她把彩票扔在地上，再也承受不住这巨大的屈辱了，呜呜地哭起来。

修红躲在人堆里呜呜地哭，不时看一眼对面的车站旅社，她看见她的同事们也站在门前的台阶上，向露天舞台那里翘首张望，旅社面向广场的大多数窗子打开了，每一个窗子里都闪烁着一张或者两张人脸，他们好像是坐在包厢里观赏一出活生生的惊险电影。

修红无地自容，她呜呜地哭着，听见世纪钟在灾难发生以后敲响了第一声钟声,修红一边哭一边说,敲什么敲,丧钟,丧钟!

紧接着救护车队也尖厉地鸣叫着向车站广场驶来,修红一边哭一边说,还来干什么,都踩死了才好,踩死了才好。

没有人留意这个穿红色制服的女人对蒙难者的诅咒。但是惊吓过度导致一个正常的女人做出失态之举,我们不必大惊小怪的。沉重的懊恼会压垮一个女人坚强的神经,使她健康的身体像病人一样绝望地颤抖,我们也不必惊诧。而过多的屈辱最后积聚成一种女性特有的愤怒,这愤怒尖锐而炽热,势必会像火山一样爆发出来,我们的修红女士最后像一座火山一样爆发出来了,火山灼热的岩浆选定了一个目标,悄悄地向此处蔓延。我们看见修红后来满面是泪地向那个带雨披的男人走过去,像一头悲伤的母狮逼近了它的猎物。

大家能猜到修红对那个男人说什么吗?一定猜不到的,熟悉修红为人和品行的人永远也猜不到,修红啐了他一口,然后对他说,×你妈×!

二十九　克渊记忆中最美好或最伤心的夜晚

整个冬天，克渊被两件心事压得烦躁不安。

第一件心事是关于疯大林的事情，克渊几次鼓足勇气要向德群提，话到嘴边又咽回去了。他几乎能够猜到人家德群会如何讽刺挖苦他的热心，明明知道不说比说了要好，为什么要说？克渊后来就尽量不去想他对疯大林的承诺，世界上的承诺好多是不能兑现的，也不是他一个人说话不算数。克渊能够原谅自己，但奇怪的是现在他隔窗遥望火车站广场的世纪钟时，他会看见疯大林爬在钟上的身影，不是梁坚的身影，梁坚之死已经被淡忘了，现在轮到疯大林了。克渊有一天忍不住地把疯大林扬言跳世纪钟的事告诉德群，德群居然说，他什么时候跳？他要告诉你，你一定告诉我，我把我的照相机带着，×，那照片才叫珍贵呢。

还有一件心事与克渊的身体有关。

克渊了解自己的身体，他了解自己的身体就像一棵果树了解自己的花期和果期。当然我们已经得知了克渊在生理上的隐私，他是一棵不会开花的果树。不开花他仍然是一棵树。克渊夜里惊恐地发现他的手有问题，好像回到了腌腊店楼上的时代，他的手在不自觉中回到了一个敏感而危险的地方，手在那里放着，搬到别处，再醒过来，它又在那儿了。克渊很久不做这种事情了，他为自己的手感到羞耻。可这只手是他的吗？至少在梦里那是别人的手，克渊不能对此完全负责。

谁为此负责呢？我听见有人在那里窃笑了，当然是那个女孩的手，没什么可遮掩的，是金发女孩的手在作祟。

克渊从来没有这么急迫地寻找过一个女孩。

他到夜来香去打听过金发女孩的下落，人家说克渊你爱上她了，那样的女孩，你小心上当。

克渊说，爱个屁呀，我找她就代表我追她？你们有没有脑子？

人家没有脑子，也无法提供金发女孩的住址，六号小姐好心，说她在新开张的游乐场看见过金发女孩，她在过山车下面的售货亭卖矿泉水。

十二月的一天，克渊在远离市区的游乐场看见了金发女孩。

他看见金发女孩的脸从售货亭的小窗口里探出来，向旁边过山车上尖叫的游客张望着，她在笑，看上去有点傻。

他靠近窗口的时候并没有受到应得的礼遇，女孩伸出一只手推他，别挡我呀，我看不见了。

克渊说他是来付二十块钱的。他发现金发女孩眨巴着眼睛看他，很明显她回忆了一会儿才想起事情的原委，然后她噗哧笑了。

看不出来，你还很守信用的。怪人，你好奇怪呀！女孩捂着嘴，一边笑一边评价克渊，不过你怪得很有趣，找女孩子陪说话，给二十，亏你想得出来，我从来没见过你这么奇怪的人哦。

她口口声声称克渊为怪人，让克渊很不受用。

我不是怪人，你他妈的才是怪人，克渊一气之下攻击起女孩的头发来了，好端端的头发，染得像一堆大便似的，你不怪？

女孩叫起来，恶心，恶心，你说话怎么这样恶心？

你先恶心我的。我给你送钱来，你他妈的却恶心我。克渊掏出二十块钱竖起来在女孩鼻子前晃了晃，你恶心我，钱还是得给你，我讲规矩。

女孩收钱的时候有点难为情，她说，是你自己要给的，不怪我。要不，我收你十块？那天也没聊上几句，让你那个朋友给搅了嘛。

你要是再陪我说一个小时的话，我付你三十。克渊说，你要是愿意陪我谈一个晚上，我付你两百。我说话算数，我不开玩笑。

一个晚上两百？女孩仍然看着处于运动中的过山车和上面的游客，她的嘴角上露出一丝讥讽的微笑。这就不大方了，她说，一个晚上，才两百？外面的行情，我是知道的，你不会不知道。

什么行当什么行情，你说多少，三百，四百？克渊说，你开个数目。

开你的狗屁！女孩突然就变脸了，拿着个可口可乐瓶子来打克渊，我就知道你，狐狸尾巴露出来了吧？我要说个数目出来，恐怕你也出不起。

我知道你不做那生意。克渊说，你别说翻脸就翻脸嘛，我说话你别不信，你如果是——我就不会——

如果是什么？说出来呀。她抬起眼睛瞥一眼克渊，克渊也看她，她就把视线挪开了，克渊看见她用可口可乐瓶子敲柜台，笃笃地敲，女孩的表情看上去喜怒不定，然后她突然笑了笑，说了一句令人费解的话，也不一定就不是，她说，现在不是，将来说不定就是了呢。

是什么？克渊不相信自己的耳朵，所以很愚蠢地追问了一声。他没有想到金发女孩会那么大胆，她凤眼圆睁，咬紧牙关，几乎像歌唱一样唱出了那个堕落的有碍风化的音节：

"鸡——"

克渊不相信自己的耳朵，他受惊似的往窗口旁边闪开了。

克渊惊慌的样子很明显让金发女孩感受到一种刺激和快乐，她咯咯地笑了一会儿，当克渊回到窗口时她不笑了，她很奇怪地用那瓶可口可乐挡着自己的脸，克渊发现她已经笑不出来，笑不出来她就哭，她开始哭了。

怎么又哭了？克渊不知所措，他说，你他妈才是个怪人，一会儿笑一会儿哭的，比演员还演员嘛。

二十九　克渊记忆中最美好或最伤心的夜晚　219

你别讽刺人。女孩躲在可口可乐瓶子后面哭,她说,谁要做演员?我不配做演员,只配做鸡,你们就这意思!做演员太难了,做鸡很容易,对吧?大家都要我做鸡,我看得出来,你也一样,你要我给你做一次鸡,我知道你的目的!

克渊说,别开这种玩笑,开这玩笑有什么意思?

不开玩笑。金发女孩说,我给你做一次鸡,做就做,有什么了不起的。

你误会了,我来找你没有那个意思。克渊说,我要有那个意思就是畜生,就不是人养的。

为什么没有那个意思?我不够漂亮?金发女孩放下可口可乐瓶子,擦了下眼角上的泪,我不够性感?我波不够大?你瞧不上我?

什么波不波的,别说那种话。克渊皱了下眉头,你在哪儿学的这一套,我都不说那种话。

更脏的话我也会说。金发女孩示威似的捋了下她的头发,她瞪着克渊,模仿着广东口音说,先生,你要打炮吗?

克渊很想笑,但是最终没有笑出来,他在女孩的头上轻轻地拍了一下,好像做兄长的在惩罚一个调皮捣蛋的小妹妹,他万万没有想到金发女孩就势抱住了他的手,金发女孩抱住他的手,以一种决绝的动作,飞快地将一根红带子系到了克渊的手腕上。

金发女孩系好红带子后就把克渊的手推开了,她说,大哥你走运了,我今天跟你走。你看我这个人多痛快,你不要我做鸡，我偏要做你的鸡！

克渊不记得他是怎么领着金发女孩回到太阳小区的，只记得女孩说她要搭出租车，她说她到这里来这么久从来没搭过出租车，克渊就拦了辆出租车下来。

他当时不知道去哪里，是女孩说的，去你家。

他和女孩坐在出租车后座上，女孩的一只手挽住了他的胳膊。

这幕场景是克渊曾经幻想过的，一个女孩的柔软温热的胳膊挽着他的胳膊，可是一切来得猝不及防，克渊觉得女孩的胳膊很沉重，克渊的心情也很沉重，他僵坐在出租车里，偷看腕上的红带，他不是傻瓜，他知道自己身边坐着一个濒临崩溃的女孩，这不是趁火打劫吗？

有一点。克渊就是无法抵抗自己含糊的欲望。

出租车驶过华灯初上的城市，克渊一直不敢看女孩，他怕看见女孩眼角上的泪光。他看右边车窗外城市的夜景和人流，金发女孩看左边的，他们坐在一起，不说话，他们的视线不同，可看见的其实是同一座城市的夜景。

克渊不记得他是怎么收拾那间杂乱的屋子的，他把东西往哪儿扔了，怎么一下子床和沙发就腾干净了。

他在收拾时听见女孩打开了电视机，电视机里传来一个流行歌手嘶哑而动情的歌声，他以为女孩会听，可是女孩关上电视走了过来，她站在他身后说，灯在哪儿？把灯关上。

克渊说，不一定关灯，我说话算数，我们就说话，说说话，什么也不做。

女孩说，关灯，什么也不做也得关灯，我们谁也别看谁。

金发女孩在黑暗中坐了下来，她选择了床，这让克渊感到一点意外。

克渊站在黑暗中，他说，不一定在床上，我们坐在沙发上也可以谈。

然后他听见金发女孩说，大哥，我听不见你说什么，我就听见自己的心在跳，好像在敲一面大鼓，我不怕，就是心跳得厉害，你等会儿就知道了，我从来没做过这号事。

克渊僵立在黑暗中，他说，我知道你没做过。我知道。

克渊发现自己在颤抖，他了解自己的生理，与其说是情欲引发了颤抖，不如说是强烈的恐惧感令他颤抖。

他几乎能听见自己粗重的喘息，大口大口的喘息。窗子被报纸糊着，外面应该是冬天的夜空，可是这一刹那间克渊看见窗子亮了，克渊看见好多年前驶过腌腊店外的火车开过来了。克渊在颤抖。

他依稀看见金发女孩侧身坐在那儿解毛衣的扣子，女孩把他的棉被打开了一半，她好像准备钻进去再脱。

克渊说，别进去。

他听见自己的声音湮没在喘息声中，窗子复归安宁，火车消失了，克渊先是弯下腰，然后他蹲了下来，像一棵被狂风摧断的树。

克渊了解自己的生理，现在他什么也做不了了。

恐惧随着生理的悸动而消失，羞耻感击倒了克渊，克渊蹲在地上，两只手蒙着脸对床上的金发女孩说，别进去，别脱。我有病的。

克渊说，我有病的。

三十　火车站广场之雪景

下雪了。

雪是灰白色的，雪花很软很脆，有点像霜，落在车站广场上很快融化成泥。所有人都知道雪景现在在我们这儿是多么的罕见，由于全球气候变暖，我们这儿的气候自然也变暖，由于环境污染问题严重，许多城市下过黑雪，我们这里的雪严格说来是灰白色，算是不错的。

这么一场带有生理缺陷的雪，仍然给此地人们带来了喜悦，前来车站广场踩雪的人们都看见荒凉的花圃里立着几个可爱的小雪人。

雪量不足使那些不知名的建设者用料节约，他们堆的是经济型的小雪人，身高不过六十公分，可是造型各异，有一个是摩登女郎，戴了一顶小巧的用雪碧瓶子做的帽子，嘴唇可能是用口红描的，鲜艳欲滴，她的身上有一排醒目的字：梦巴黎洗头房，欢迎您的光临。下面有联系电话，电话号码只有四位数，一望便知后面的数字被什么人破坏了。

被破坏了的还有李大妈汤面馆制作的胖雪人，那个胖雪人咧开的大嘴不知让谁塞了一只塑料袋进去，给人以错觉，好像是宣传塑料袋可以食用似的，所幸胖雪人胸前挂着的菜谱是一块铁皮，铁皮上的红漆涂写的字也不易损坏：迎接千禧年，请吃千禧面！

金发女孩坐在雪中的火车站广场，她在那张长椅上坐了很长时间了。

下雪的天气总是阴冷的，广场上的人都处于缓慢或者快速的运动中，有人穿过广场向汽车站走去，有人打着伞前来广场赏雪，有几个十六七岁的男孩穿着新款冰鞋在滑旱冰，还有人目的不详，在广场上转来转去东张西望的，不知要干什么——这几个人一直默默地关注着长椅上的金发女孩，他们都凑过去和她搭讪了。

第一个人最近像一个孤魂野鬼在火车站一带游荡，见了穿制服的就往厕所钻，是个脸色蜡黄的干瘦青年。他步履踉跄地走过去问金发女孩，小姐你有货吗？

金发女孩把她的旅行包一下抓在手上，警惕地看着他说，什么货？你在说什么呢？

那个人说，不懂就算了——金发女孩不懂，我们是懂的，他要的货广场上没有，最好去缅甸金三角地区买。

第二个人好像是旅客，穿一身肥大的不合体的西装，他站在世纪钟那里悄悄观察了很久，最后像间谍们接头一样若无其事地走到金发小姐那里，停下来了，他蹲着系旅游鞋的鞋带，嘴里开始发出接头暗号。

小姐你开个价，他说，我要赶火车的，你快点开个价。

金发小姐一定是在想她的心事，开始时没有意识到那男子在和她说话。

你在和我说话？她说，我不认识你呀。

那男子有点莫名的恼火，他说，我赶火车，开门见山啦，打你炮多少钱？

金发女孩这次听懂了，她冷冷地盯着那男子的鞋，说，打你妈妈的炮多少钱？

坦率的旅客一听对方口气就知道自己弄错了，站起来就溜，女孩却在后面不依不饶地喊，打你老婆的炮多少钱？打你女儿的炮多少钱？最后连他的体型上的一点点瑕疵也被她揪住不放，女孩说，这么胖还穿西装？还配一双运动鞋，猪穿西装也比你好看，我的妈呀，恶心死了！

第三个人是个女的。这女人我们大家都认识的，她是整个城北地区最游手好闲的女人，自以为貌比西施其实却长得普通，但大家为了照顾她的情绪还是管她叫西施。

西施在火车站整治以前主要是帮中巴车招揽客人的，中巴车取缔以后她失踪了很长时间，最近又出现在广场上，人比以前更胖了，化妆化得也更浓了。

西施向金发女孩走过去时候是光明磊落地走，挺胸扭臀的，她穿了一条黑色的已经过时的健美裤，裤子的款式不是为西施这种肥胖的中年妇女准备的，自然有点和主人作对，臀部那里的面料好像随时准备撂挑子，你臀部太大，太大了，绽了线我可不管!

我们前面已经了解金发女孩在穿着上的品位和美学思想,看见西施这种拙劣的时装不会无动于衷,金发小姐看见西施向自己走来,忍不住用手捂着嘴笑,嘴里偷偷地评论道:丑死了,丑死了。

大家都是女人,对一些外貌穿着上的细节都很敏感,你金发小姐认为西施的健美裤丑,西施也认为你这个小姐头上的棒球帽戴得很怪,西施并不认为女孩就不能戴棒球帽,可是你这个小姐就是怪,为什么把帽舌压得这么低,脸都看不清了,你是谁?不是大明星就是坏人,只有这两种人这么戴帽子,怕被人家认出来。

西施说,这位小姐坐在这里干什么,这么冷的天,不怕冻感冒了?

金发小姐向上面推了推帽子,她说,你是什么人?你是慈善组织的?天气是有点冷,那你来给我送棉衣嘛。

西施说,小姐哪里人,听口音是北方人?

金发小姐说,北方大啦,山西山东河南河北都是北方,我是北京的。你问这问那的干什么,你哪儿的?

西施说,我就是这儿的。我可不是人贩子。我负责招工的。

金发小姐这时候又抬起一点帽檐,打量了一眼西施,她说,你招什么工?

什么工都有,主要是服务行业的。西施从她的黄色滑雪衣里掏出一堆名片，她说，也有工厂招工的，袜厂，玩具厂，涤纶丝厂，塑料厂，都用外来妹打工的。

西施塞过去的名片被金发女孩粗暴地推开了，金发女孩蓦地发出一声冷笑，说，狗眼看人低，谁告诉你我是外来妹的，谁告诉你我是打工妹的？

那你是干什么的？西施一时有点发懵，她捡起洒落在地上的几张名片，说，你不是打工妹坐在这里干什么？

这是你家地盘不能坐？金发小姐余怒未消，转过身子在她的旅行袋里掏着什么，我是干什么的，你看看我的照片就知道了。她很快拿出了一张照片，西施看见的是一个穿白色礼服的女孩子手持话筒唱歌的照片，一个被金色光线烘托得美如天仙的女孩子。樱唇轻启，好像在完成一个优美而高亢的修饰音符。

这是我的照片，你看好了，看看我是不是打工妹。金发女孩傲慢地倚在长椅上，抱着双臂说，告诉你也没关系，我是个歌手，我唱流行歌曲的。

这次轮到西施给金发女孩看颜色了，或许是出于对一张照片的嫉妒，或许是不甘心受人抢白，西施也拒绝接受金发女孩的照片，不仅拒绝人家对她的信任，还用怀疑的目光盯着女孩的帽子。

你是歌手？你唱流行歌曲的？西施毫不掩饰她声调里的轻蔑和敌意，我看人一看一个准，你是歌手？骗鬼去——西施这两年尽管紧跟时代风气，文明礼貌了许多，但我们城北地带的女人关键时候从来敢说敢做，西施乘胜追击，冷不防地掀掉了金发女孩的帽子，我倒要看看你这个歌手什么模——西施看见的是一个女孩惊恐的脸，那张脸总体上说是美丽的，但是鼻梁部位却蹊跷地扭歪着，两侧鼻翼上布满了暗红的疮斑。

西施先是大吃一惊，看得出来她的眼神是惊愕的，里面都是一个个问号，小姐你的鼻梁怎么啦？你被谁打了吗？可是西施的嘴暴露出她得理不让人的天性，哼，歌手？她的手像赶蚊子一样在空中挥了一下，哼哼，你骗我？哪儿有你这样的歪鼻子歌手？

西施走后金发女孩就开始哭泣了。

她坐在车站广场的漫天小雪中哭泣。

正在广场上滑旱冰的几个半大男孩胡须还没长出几根，嘴却沾染了大人的不良习气，一个说，小姐怎么哭得那么伤心，失恋啦？另一个说，失恋没关系，从头再来，我也没有女朋友嘛。

金发小姐没有理睬那些男孩，男孩们看金发女孩哭得伤心，不接茬你就不好跟人家调情，这规矩他们已经懂了，滑旱冰的男孩们围着金发女孩的长椅兜了几圈，最后怏怏地滑到别处去了。

雪渐渐地下大了。

雪下大了广场上赏雪的人反而没有心理准备，带着孩子的父母嘴里嚷嚷着，下大了下大了，举着雨伞拖拽着孩子向附近的屋檐奔跑过去。

从广场四周的建筑物里到处都传来人们亦惊亦喜的欢呼声：下大了，雪下大了！

广场上的漫天小雪很快变成了鹅毛大雪，世纪钟在上午十点零五分的时候敲了十响，只差了五分钟，与人的心情一样，钟也尽自己最大的努力表示了它对一场大雪的喜悦之情。

人们都站在广场四周的建筑物屋檐下看这场突如其来的大雪，大家看得如此惊喜，其中原因不言自明，这是世纪末的最后一场大雪啦！大雪很快把偌大的车站广场染白了，华丽的现代风格的世纪钟上覆盖了一层白雪，看上去像是镶嵌了一道银色花边。

广场上除了纷纷扬扬的雪花，几乎空无一人，只有视力良好的人才能看见一个戴棒球帽穿银色滑雪衫的人独自坐在一张长椅上，由于距离稍远，人们不能分辨那是一个女孩还是一个男孩，直到后来那个人影向车站旅社这里缓缓移动过来，人们才从那人走路的体态上看出，那是一个年轻时髦的女孩子。

女孩子为什么用帽子遮住她的脸呢？有人悄悄地争论着，结果形成了两种截然不同的意见，一种意见是遮掩她的美貌，也许是演艺圈里的明星，怕脸露出来大家都轰上去让她签名，另一种意见简单得多，持此意见的人说，一定是个丑女，戴帽子遮丑嘛。

三十一　金发女郎回来了

下大雪这一天金发女孩重归车站旅社。大堂里的人看见她提着一只旅行包走进来，帽子上肩膀上落满了雪花。

这样风雪交加的天气，温暖的开了暖气的旅社对于外来者是最好的选择，柜台上的人看见金发女孩拍打着身上的雪走过来，他们说，客房基本上满了，只有套房了，套房三百五一天，也只有一间了。

可是金发女孩只是站在那儿，她一直不把帽子摘下来，也不说话，柜台里的人看不见她的脸，也不知道她对这间套房是否感兴趣，他们以为她是嫌贵，就建议说，那你去别的小旅社看看吧，往前走三百米还有一家旅社——金发女孩这时突然摘掉了她的帽子，她摘帽子的时候另一只手捂住了她的鼻子，然后她终于开了口。

我不住宿，我要赶火车的，她说，我来找人，三楼的修大姐，有点事情，我要找她。

哪个修大姐？是修红吧？事情就这么不巧，两个前台小姐面面相觑着，看上去很为难的样子，一个说，她不在。另一个却有点无礼地问她,你是哪儿的,找她干什么?

金发女孩仍然用一只手捂着她的鼻子,她说,什么叫找她干什么?你当前台小姐没有培训过?礼貌都没学会!

前台小姐们普遍害怕顾客的批评,这一位虽说不是顾客,但看她咄咄逼人的样子也是不好惹的,其中一位就说了,修红好久没来上班了——出了点事情,人现在在医院里。

另一位也是让金发女孩逼的,与其让你批评不如实话实说,于是她低着头说:她得精神病了!你找她去精神病医院!坐三路公共汽车坐到终点站,她在二病区十九床!

任何旅社的前台小姐都挑选容貌姣好口齿清楚的女孩子,她们表达事情一般来说是准确而严肃的,金发女孩瞪大眼睛看着两个前台小姐,她确定这不是一个恶意的玩笑,也不可能是一个恶意的玩笑,有谁会这么冷酷地开修红大姐的玩笑呢?

金发女孩转过脸看看大堂里的人,卖胶卷的小秃不在了,卖地图的刘胖子也不在了,车站旅社为了挂二星标志,内部管理越来越国际化,闲杂人员一个都不见了。

金发女孩谁也不认识,谁也不认识金发女孩,关于修红的令人震惊的近况没有办法得到证实,她的眼神里充满了彷徨无助的神情。

她得精神病了?金发女孩靠在柜台上左顾右盼的,似乎期望着修红的身影在大堂里突然出现。你们这儿就她人好,得了精神病啦?她说,这是咋整的,精神病又不是感冒发烧,说得就得了——哼,我看是让谁迫害的吧?

没有人迫害她！年轻的前台小姐有点沉不住气，她人缘很好，谁去迫害她？然后一个令人意外的内幕就被无情地揭开了，前台小姐说，修红大姐什么都好，就是迷彩票不好，上班时间去刮彩票，差点让人踩死，受了刺激——

金发小姐一定是知道发生在车站广场上的彩票事故的，她放下了一直盖在鼻子上的手，去擦眼角上的泪珠，忽然受了惊似的，另一只手忙不迭地盖了上去，她就那么盖着鼻子向别人发了一通议论，好人才得精神病，好人就是这个下场，她说，坏人呢，坏人坏事做得越多，神经就越坚强！

这个话题超出了人家的服务范围，两个前台小姐都对她的观点不予置评。

金发女孩站在那里等了一会儿，人家还是不说话，谁理你？指桑骂槐骂我们都是坏人嘛。

金发女孩叹了一口气，僵持了一会儿，说，我要不是赶火车，一定要去探望她。

然后她从地上提起旅行包，向前台小姐问了最后一个奇怪的问题，附近哪儿有卖口罩的？

两个小姐弄清楚她要买口罩之后都摇头，说，我们这儿不时兴戴口罩的，天再冷也没人戴口罩，只有传染病人才戴口罩——真不知道哪儿有卖口罩的。

金发女孩眼睛里掠过了一丝火花，或许是怀疑人家话中带刺。

我没有传染病的，你们这儿才流行瘟疫呢，空气又不好，人不讲卫生，还闹蛇灾，蛇最喜欢你们这地方了。她揶揄地拉长语调说了一句，发现两个前台小姐脸上有一种觉醒的表情，她们的视线整齐地集中在她的鼻子的部位，金发女孩的手更严密地盖好她的鼻子，说，我的鼻子上长了一颗痘痘，就一颗痘痘，你们用不着想那么多！

下大雪那天金发女孩来去匆匆，十分钟之后她就推开了车站旅社的旋转门，消失在外面罕见的风雪之中。

那是金发女孩在我们这个城市火车站广场逗留的最后的时刻。她的银色的滑雪衣与广场上雪景融为一体，那顶红色的棒球帽远远看过去却分外耀眼，它像一只节日的红气球迷失了方向，飞行路线令人琢磨不定。

好多商家的营业员都看见了这个姑娘，她一身雪花地闯进来，闯进来就问，有没有口罩卖？

没有没有没有，我们不卖口罩，现在什么社会了，谁卖那东西？

有一家铺子倒是专营小百货的，连鞋垫针线都卖，就是不卖口罩，也不怪金发女孩摔人家店铺的门，这情形好像是故意和金发女孩作对。

三十二　冷燕与金发女孩的告别

金发女孩从美丽城走过的时候大约是正午时分，美丽城裙楼一层的蛇餐馆正准备欢迎午餐客人。

蝮蛇小姐冷燕和其他三个蛇小姐穿着四种颜色的旗袍，下到台阶上扫雪，扫雪与扫垃圾不同，那是一项洁白的美丽的劳动，四个蛇小姐扫得很快乐。

她们注意到有个戴棒球帽的女孩子站在花坛边上看，她们以为她是在看她们各自的旗袍，四件旗袍上的四种蛇徽到哪里都是引人注目的，可是那个女孩子突然向她们走过来了，她拉住了蝮蛇小姐冷燕的胳膊，说，喂大姐，你能借我一个口罩吗？

冷燕一时认不出金发女孩是谁，她放下扫帚说，你是谁呀？我不认识你——你别捂着脸，你这么捂着我就更认不出来了——你喊我什么，喂大姐？我不姓喂，我也不是你的大姐。

对不起，我忘了你贵姓，可你认识我的，我在车站旅社住过！你给我登记的！那时候我染的金发——你不会记不得的，你该想起来了——我是从北京来的，可我身份证上的地址是瓦房店,瓦房店——你想起来了?

什么瓦房店?冷燕说,我在车站旅社那么多年,南来北往那么多客人,怎么能记住瓦房店这种小地方呢?对不起,我确实不认识你。

你认识的!金发女孩情急之下跺了跺脚,她说,我一住进旅社就让蛇咬了——不,不对,蛇没咬到我,可蛇把我从盥洗间吓得逃出来了——想起来了吧!

那你说的是六月份的事情嘛,那会儿火车站一带闹蛇灾,谁没让蛇吓着?隔了大半年了,我怎么记得起来?冷燕穿着旗袍,不宜在外面多留,她不耐烦地看着女孩,女孩则用一双极其明亮的大眼睛绝望地看着她,那眼神偏执地说,装蒜装蒜,你认识我的,认识我的。

正是那双被美化过的眼睛唤醒了冷燕沉睡的记忆,这下冷燕想起来了。

我想起来了,冷燕矜持地说,你做过整容——出于起码的礼貌,冷燕咽下了后半句话,听说你是来拍广告的,拍得怎么样了?

拍了几部,都不成功。金发女孩敷衍着冷燕,她的声音听上去快哭出来了,大姐,我鼻子上长了个痘痘,你借我一个口罩,我马上要上火车了,火车就要开了。

冷燕毕竟是个阅历丰富的女人,她几乎是本能地察觉出女孩的鼻子出了大问题,不是一颗痘痘的小问题。

你的鼻子到底怎么啦?别捂着,让我看看。

冷燕努力地掰她的手，可那只手力气很大，掰不开。冷燕说，你这人怎么这样，我答应你给你弄个口罩来还不行吗，让我看看有什么？

得到了许诺之后金发女孩的手终于松开了，一个损坏严重的女孩的鼻梁暴露在冷燕的眼前，也暴露在其他三个蛇小姐的视线里，四个蛇小姐同时发出了惊叫声。

与此同时，金发女孩跌坐在蛇餐馆的台阶上号啕大哭起来。

他们毁了我的鼻子，金发女孩的哭诉像利刃刺痛了四个蛇小姐的心，我花光了所有的积蓄，我偷了家里的钱做手术，可他们把我的鼻子毁了，我让他们给毁啦！

整容手术不能乱做的。蟒蛇小姐说，我表姐去割双眼皮也没割好，比原来还难看，又割一刀，还是不好看，花了不少冤枉钱。

垫鼻子用硅胶，化学的东西怎么能放在人的鼻子里？眼镜蛇小姐的口气听来很权威，似乎在埋怨金发女孩的无知。

她太可怜了，把她扶进来暖和暖和吧，反正现在也没有客人来。冷燕这么说着发动三个蛇小姐把金发女孩强行拽进了蛇餐馆。

她们把她按在门厅的沙发上，同情与怜悯之心使四个蛇小姐围着金发女孩忙碌起来，蟒蛇小姐沏来了一杯热茶，眼镜蛇小姐递上了一块热毛巾，而冷燕责无旁贷地在餐馆里到处奔走着，嘴里焦急地喊着，谁有口罩，给我一个，快给我一个！

幸运的是杀蛇的厨师有口罩，那只口罩很快让冷燕抓到了手中，不巧的是那是蛇餐馆的工作口罩，口罩上也有蛇徽，一条小青蛇，盘踞在贺氏蛇餐馆这五个红字上。

冷燕打量着手里的口罩，有点犯愁，说，那女孩子很爱美的，这种口罩她怎么戴着出去？

冷燕走到门厅那里时金发女孩恢复了平静，她现在用眼镜蛇小姐给她的毛巾盖着鼻子，一杯热茶喝下去，风华正茂的女孩又风华正茂了，她的面孔看上去红润了许多，目光渴望地盯着冷燕手上的口罩。

冷燕把口罩亮了出来，她说，没办法，这是工作口罩，上面有一条蛇，你怕不怕？

四个蛇小姐都注意到女孩当时肩膀颤抖了一下，那种身体的反应表明她是怕的，女孩的眼睛也像看到恐怖电影一样东躲西藏的，每只口罩上都有蛇吗？她轻声地问了一句。

冷燕说，没办法，每只口罩上都有蛇的。我们这儿是蛇餐馆呀。

大家都听说过自古华山一条路的说法，金发女孩现在也面临着唯一的选择，她也只有一条路。

四个蛇小姐后来满怀着怜爱之心等待她的选择，她们鼓励她不要怕蛇，并且举了冷燕与蛇共舞的例子说明女性与蛇完全可以和平共处，她们的努力得到了回报，她们看见金发女孩最终勇敢地亮出了自己的鼻子和整个脸庞，大姐，麻烦你给我戴上口罩。

她突然笑了一下，笑容看上去有点调皮，反正我自己看不见它，吓着别人，我可不管。

冷燕为金发女孩戴口罩的时候，金发女孩闭上了眼睛，旁边的蛇小姐都觉得这一幕很像隆重的仪式，她们看着那只口罩完美地遮盖了女孩的脸部，只露出一双美丽的眼睛来，忍不住地拍起手来，说，好，这下好了，这下好了！

正是午餐时分，即使遇到了如此反常的天气，蛇餐馆还是迎来了第一批客人，四个蛇小姐只好扔下金发小姐站到了玻璃门前，你好你好！欢迎欢迎！

她们迎宾的时候看见金发女孩到洗手间去了一次，很快就出来了，女人对女人的观察从来都是很细致的，四个蛇小姐欣慰地交换了一下眼神，说，她好了，没事了，这么一会儿她把眼影都画好了。

金发女孩与冷燕告别的时候毅然摘下了她的棒球帽，送给你，做个纪念。她把帽子硬是塞到了冷燕的手里。

冷燕说，你留着挡挡雪，我不要，我从来不戴帽子的。

可是金发女孩按住了冷燕的手，她说，你一定得拿着，这是我朋友从国外带回来送给我的，是名牌帽子，你戴着肯定好看的。

冷燕还是拒绝，她说，不好看，我戴帽子不好看，我从来不戴帽子的。

金发女孩有点不高兴，她把红色棒球帽强行戴在冷燕的头上，侧过脸欣赏着，怎么不好看？很好看。她说，大姐，我告诉你，女的戴男孩帽子，外面现在很流行的。

金发女孩一步步跳下台阶时，冷燕突然想到她怎么也该挽留她一下的，于是她在后面喊，喂，你不多留几天吗？马上就到千禧年了，你不留下来听世纪钟？要敲两千零一下呀！

她们看见金发女孩回过头茫然地看着冷燕，她说，我不听了，那是你们的世纪钟，你们听吧，你们替我听吧。

以冷燕为首的蛇餐馆的四个蛇小姐，目送着金发女孩穿过广场上的雨雪向火车站走去，冷燕把头上的棒球帽摘了下来，她对商品有着天才的判断能力，将帽子摸一下，看看里面的环衬，看看商标，这帽子的价值她便心中有数了。

假货，地摊货。十块钱。冷燕没有把她对帽子的鉴别透露给其他三个蛇小姐，她一直目送着金发女孩的背影消失在世纪钟后面，说，这个女孩子蛮可爱的。

三十三　千禧年之夜去听世纪钟

2000年12月31日。

世纪末的城市沸腾了。

下午五点钟火车站一带开始戒严，人们对彩票悲剧还记忆犹新，所以对政府戒严的决定是理解的，而去火车站广场亲耳聆听世纪钟的决心也不可动摇，怎么办？赶在五点钟戒严之前赶到火车站去！

步行去，骑自行车去，坐公共汽车去，坐人力三轮车去，坐出租车去，开自己的小轿车去！

怎么个去法，由大家根据自己的经济实力来决定，唯一要记住的是必须赶在下午五点之前到达。

机不可失，时不再来，出于对安全隐患的考虑，广场上最多容纳两万人听钟，如果你要成为两万分之一，最保险的办法是把你的到达时间提前到中午，就像来自郊区的一批老人，他们集体组织前来听钟，带着折叠凳，午餐是面包和矿泉水，坐在世纪钟前吃的。

下午五点钟，广场上已经人山人海。

市电视台负责现场转播的摄像机有一台安置在美丽城楼顶上，俯拍的镜头让年轻的摄像师自己吃了一惊，说，这么多人，王菲演唱会也没有这么多人呀。现实令人惊喜，本地的人们对聆听世纪钟的兴趣超过了对歌星王菲的兴趣，反映出人口素质近年来有了显著的提高。

　　我们的主人公在世纪末的夜晚占有天时地利，他们都是在火车站广场一带工作的。

　　冷燕所在的蛇餐馆为了迎接这个盛大的节日，从南美空运了人们闻所未闻的亚马逊皇后蛇，从埃塞俄比亚运来了号称沙漠之王的大蝮蛇。五折让利，通宵营业，十点以后隆重推出人蛇共舞的助兴表演，表演者是谁？就是蝮蛇小姐冷燕。

　　冷燕原来是准备与彩票办公室的小陈参加千禧千人探戈大赛的，可是发生彩票事故以后，有关方面对于集会性质的庆祝活动很谨慎，将车站广场上的众多演出计划大量缩减，只保留了听世纪钟一项。

　　冷燕并不懊恼，用她自己的话说，我也没兴趣和他一起参赛了，探戈需要激情，现在我看见他就烦，怎么跳？和他跳不如和蛇跳呢。

　　千禧之夜冷燕一直躲在洗手间里彩排，彩排没必要用真蛇，所以一些女宾走进去以后吓得面无人色，冷燕只好不停地把她的手放到蛇嘴里，说，别怕，是橡胶蛇，现在彩排，十点钟请你们欣赏真正的人蛇共舞！

　　女宾都崇拜地看着冷燕，说，这位小姐胆子好大呀，你不怕？

冷燕说，蛇没什么可怕的，人才可怕呢。冷燕发现她的双关语容易引起误解，干脆就说了实话，她说，其实我也怕的，没办法，让逼出来的。

冷燕公务在身，无心观望火车站广场空前的盛况，与别人不同的是，她等待的不是千年交替的2001年零点，而是十点钟人蛇共舞开始表演的时间——这样的等待意义不大，让我们暂且搁置在一边。

现在该看看克渊是如何等待零点的了。

五点以后克渊就站在拉特公司的窗前守望着广场，他一个人留在拉特公司的办公室里。德群被他的合作伙伴拉到外面去欢庆千禧年了，三三被他的新女友一个电话叫走了，他们都走了，留下克渊一个人站在美丽城的十三层窗边。他拿着德群的那架望远镜，他能看见广场上的每一张人脸，广场上的人却看不见他。

克渊的手一直在调焦，他锁定的人脸大致分成两类，一类是时髦而美丽的女孩子，一类是似曾相识的熟悉的人脸，可是不管是哪一张人脸，似乎都不愿意被克渊的望远镜放大，它们在人群里漂浮着，一眨眼就不见了。

克渊徒劳地忙了半天，放弃了追踪人的念头，他开始把望远镜的镜头定格在世纪钟上，静物是顺从的，放大，放大，世纪钟的钟面神奇地膨胀着，时针、分针、秒针针针清晰如箭，钟顶上的拱形坡面闪烁着银色的锐利的光芒。

克渊忽然感到眩晕,他似乎看见一只硕大的白色男皮鞋正搭在世纪钟上,危险地晃动着,敲打着世纪钟,他又看见了死鬼梁坚的白皮鞋,六月以来他眺望世纪钟的时候总是看见那只白皮鞋。

克渊骂了一声,死人你还听什么世纪钟?然后他就放下了望远镜,克渊有点迷信,他绝对不会让一个鬼魂破坏了千禧年欢乐的心情。

克渊坐在沙发上吃盒饭的时候突然意识到他的欢乐是空泛的模糊的,这么盛大的节日,谁像他一样独自在空荡荡的办公室里吃盒饭?又不是没有钱,又不是没有朋友!

克渊推开盒饭打了几个电话,第一个打给张军,他问张军在不在广场上。张军说在广场上,克渊说我请客一起喝个酒怎么样,张军却说他喝过了,老婆孩子都在身边,也没法陪他喝。

克渊对着电话骂起来,他说你一天到晚老婆孩子挂在嘴上,不是傻×吗,没出息的人找没出息的理由,你在外面怎么混啊?

第二个电话打给屁眼,屁眼说他不在广场,他才不凑这个热闹。

克渊说,两千零一次钟声,你一辈子只听一次,你还不愿意听,不是傻×吗?

屁眼却没心没肺地回答道,傻×才去听钟,钟敲死了也是钟,我在听小姐唱歌,比钟声好听多啦。

屁眼这人素质差一些，克渊也懒得纠缠他。他又打电话给蛤蟆，蛤蟆不在家，一个女人在电话里不耐烦地说，蛤蟆出差去了。

克渊就在电话里笑起来，说，香烟贩子出的什么差，去海边拉走私烟去了吧？他倒会选时间，以为人家缉私队放假庆祝千禧年？狗屁，人家加班的。

电话里的女人叫起来，你什么人？你神经病呀？

克渊放下电话时叹了口气，说，掏钱请人吃饭还吃不成，他妈的，我是有点神经病。

离零点敲钟还有好几个小时，枯坐室内等待的滋味并不好受。克渊决定离开美丽城下楼去，他临时制定了一个计划：先吃，去哪儿吃？

百合花或者富豪都可以，反正不去蛇餐馆，他不是吃厌了蛇，而是看厌了冷燕那张做了婊子立牌坊的脸。他现在不愿意看见冷燕，就像冷燕不待见他一样，大家扯平了。

吃什么呢？海鲜？羊肉？都可以，反正不吃蛇，蛇是工作餐，平时不去吃它。一个人喝酒喝不多，两瓶啤酒够了。吃完了一个小时就过去了，剩下时间好打发，先去顺风街洗头，再去欢乐总汇洗澡，然后干干净净地到广场听钟，估计那时候怎么也逼近世纪末了。

克渊对本世纪剩余时间作出科学的安排后就下了电梯。美丽城里安静得出奇，良好的隔音材料把这幢巨人般的建筑物与广场对立起来：这里是靡靡之音的背景音乐，那边是人民群众欢度千禧年的热情奔放的吵闹声。

克渊走出电梯的时候有点不相信自己的耳朵，他清了清嗓子，使劲地咳嗽了一声，刺耳的咳嗽声在美丽城富丽堂皇的大厅里回荡，广场上的人声克渊仍然听不见。

寂静有时会令人惊慌失措，克渊匆匆地走出美丽城，耳朵里一下灌满了嘈杂的人声，他心里感到踏实了许多。

他站在台阶上掏出香烟，斜刺里一个打火机扑到他的面前，然后他看见了一个他最不愿见的人——躲也来不及了，疯大林在替他点香烟呢。

你不让我上去，我就不上去。疯大林说，五点钟我就到了，我在这儿等你半天了。

克渊说，我告诉过你多少遍了，别来找我，有了消息我会找你的，你耳朵让耳屎堵住了？听不见的？

我耳朵好的。疯大林说，你自己记性不好，你打保票说我的事情本世纪内解决，今天什么日子？今天是本世纪最后一天，明天就是 2001 年了。

明天就是 2001 年了？克渊模仿着疯大林的公鸭嗓，说，多谢你提醒我，否则我一点也不知道。

你打保票的。你打了保票我才告诉他们的，疯大林说，邻居天天问我怎么还在楼下晃悠，怎么还不去美丽城上班，你让我怎么说？克渊，你替我想一想呀。

那好办。克渊说，你别在楼下晃悠，到这边来晃悠好了，车站这儿地方大，人多，谁也不注意你的，别人下班你也下班

246　蛇为什么会飞

回家，谁知道你是怎么回事，没有人会知道的。张军你认识吧，张军让单位辞退后就这么做的。

骗鬼。疯大林说，我反正认准你克渊了，你打保票的事情，赖不掉的。腰鼓说你在耍我，我说克渊耍我干什么？我也不是傻瓜，专门让人耍着玩的。克渊你不是耍我玩吧？

我耍你玩干什么？你他妈也不是小妞，耍你干什么？克渊说，疯大林呀，你他妈的人没进拉特公司，做的事情倒很拉特了，天天盯着我，追着我，烦不烦？我克渊什么时候欠你债了？

你不欠我债，你欠我一份工作。疯大林说，你打保票的，打了保票的事情你不能不管，连我儿子都告诉同学说我要去美丽城上班了，你撒手不管，让我把脸往哪里搁？我不盯你盯谁去？你别忘了，我疯大林给你下跪的。我活了大半辈子，从来没给人下跪，我给你下跪啦！

我没让你跪，你自己跪下来，我有什么办法？你他妈的也别拿下跪来压我，要是下个跪能跪出一箱子钱来，我也跪，谁不会跪？

我当着那么多人面给你下的跪，你如果耍了我，让我把脸往哪儿搁？以后谁还拿我疯大林当人。

跪一下就不是人了？讨饭的天天跪就不是人？谁让我当市长，我马上可以给全市三百万人跪下，信不信？克渊说，耐心点，现在什么事情都不好办，德群也有难处，业务不景气，养一个人多发一份薪水，他也不开银行嘛。

不景气他还天天吃蛇？疯大林说，克渊你少给我来这一套，我问你，有没有跟德群提过我的事情？到底提过没有？腰鼓说你肯定没对德群提过我的事情，她姐夫认识德群的，他也说你没提过我的事情，你到底提过没有？说话呀，克渊，到底提过没有？

喂，喂，你在跟谁说话呢？克渊用香烟指着疯大林的鼻子，你在跟我说话呀？我爸爸活着时也不敢这么对我说话，德群是我老板，也不敢这么对我说话，火车站的梁站长派出所的于所长也不敢这么对我说话，你算什么狗屁人物？啊，敢这么对我嚷嚷？

我是急的。疯大林有点胆怯地扫了克渊一眼，克渊，我们怎么说也是光屁股兄弟，你大人不记小人过，给我句实话吧，到底有没有跟德群提过我的事情？

克渊有点犹豫，看得出来疯大林问到了点子上，克渊向东边看看，又向西边看看，噗地向台阶上吐了口唾沫，说，提也没用，你疯大林谁不认识？一没学历二没专长，还是半个文盲，德群要了你干什么？要你干什么呢？

克渊突然丧失了耐心，冰冷的眼神意味着他对疯大林失去了最后一点侠骨义肠，摊牌之后克渊觉得没有必要与疯大林周旋了，他扔给他一支烟，径直向广场那里走去。

×你姐姐的，好心惹了个追命鬼。克渊说，我到现在肚子还饿着呢。

他听见疯大林在身后呼呼地喘气，那粗浊的呼吸声仍然顽强地追随着他，克渊凛然地向美丽城东侧的百合花餐厅走，他说，你跟着我干什么？吃了吗，没吃我请你好了，你只要闭上嘴，别跟我提什么下跪呀工作呀，我请你吃澳洲龙虾，澳洲龙虾你吃过吗？

克渊没有听见疯大林的答复，却感觉到身后一股冷风，他警觉地回过头，看见疯大林像一个真正的疯子一样向他扑过来。

吃你妈个×，疯大林狂叫着，你要我玩我你要我玩我让你要我玩——干柴就这么点着了烈火，克渊和疯大林在美丽城的裙楼西侧扭打起来——那是千禧之夜火车站广场唯一一个清净的地方，与其说是克渊和疯大林选中了这个地方，不如说是命运为他们挑选了一块黄金宝地。

正是广场上的人们等待零点敲钟等得群情激荡的时候，也是贺氏蛇餐馆里人蛇共舞舞得掌声四起的时候，如果克渊和疯大林的搏击能够有一次中场休息的时间，他们所处的位置一抬头就能看见蛇餐馆里独特的风景，冷燕肩缠一条蟒蛇，在热情欢快的探戈乐曲中走出了令人眼花缭乱的舞步。

这么好的机会克渊和疯大林都放弃了，他们打起来了，他们打红了眼睛，什么千禧年，什么世纪钟，统统顾不上啦。

毕竟告别青春多年，中年男人打斗的场面狡诈世故，缺乏美感，喘息声很大，动作却很小，动作小并不代表他们无能，相反他们很会分配体力，敌进我退，诱敌深入，在对手麻痹之时挥戈一击，死，你死去！

克渊就是在他自以为降服对方之时遭到了致命的反击，他已经把疯大林的双手反剪在他背上了，照理说一切该结束了，可疯大林的疯狂已经不可理喻了，也许他认为自己是在为正义和尊严搏斗，也许精神的力量是无敌的，克渊不能想象疯大林怎么会有这么大的力气倒踹一脚，正好踹在他最敏感的部位。

克渊眼前飞起来无数金色的小星星，他的身体一下瘫软在地上，然后他听见自己的脸部、背部噗噗地响起来了，疯大林像一个鼓手擂鼓，擂的是他的身体，疯大林把他当一只鼓，疯大林要把他克渊的人肉鼓声献给千禧年。

克渊的头脑是清醒的，可他的四肢叛变了主人，不听克渊的命令，却卑贱地执行了疯大林的所有旨意，他能感觉到疯大林在压他的腰，压他的膝盖，他听见疯大林说，我给你白跪了，现在你他妈的给我跪回来，跪回来！

克渊感觉到自己的膝盖碰到了冰冷的地面，他说疯大林你小心你的狗命，但他不知道疯大林是否听见他的威胁，只听见疯大林狂乱的命令：跪着，跪着，给我跪着！

克渊在屈辱中煎熬着，他听见广场那里的扩音设备突然开通了，市里的领导一定已经到场了，他们将与百姓一起聆听千禧年的钟声。

克渊试着站起来，可是疯大林疯了，他不允许他站，非要他跪着，跪着，跪着，你给我跪着！

对这个疯大林你能怎么办？你必须比他更疯才有可能得胜。

克渊在绝望中摸了下自己的口袋，那只是一个下意识的动作，可奇迹在瞬间发生了，克渊竟然发现他在蛇餐馆用的小榔头躺在他的口袋深处，他穿的是最好的那件西装，他怎么忘了他最好的西装是随德群出去上课时专用的，怎么忘了西装口袋里藏着上课的工具呢？克渊痛苦的脸上露出了获救的微笑，他说，好了，疯大林，我要给你上课。

疯大林说，你还不老实？我让你跪这么一会儿就亏啦，我要让你跪到零点，跪到2001年！

克渊说，疯大林，你怎么敢让我跪？你怎么敢的？你不欠别人钱，你也可怜，我不想给你上课，可你逼我我就没办法了。

我逼你？疯大林说，这会儿你还血口喷人？到底是谁逼谁——跪着，不准起来！

你逼我逼得我心都碎了，疯大林。我克渊遵纪守法好多年了，疯大林，今天是你逼我开荤。

疯大林说，你嘴里说什么呢，不服气？就兴我给你跪，不兴你给我跪——你怎么站起来了，你敢站——你手里拿的什么东西？

大约在夜间十点半钟左右，蛇餐馆里的人听见窗外传来一个男人的几声惨叫，他们跑出去一看，看见一个穿棉大衣的男人蜷缩在灯光照不到的墙角处，满脸是血。

人们一下乱作一团，说，今天夜里怎么会出这种事情？赶紧报警。

那个男人呻吟着，嘴里嘟囔着什么。人们凑近去安慰他说，已经报警了。

疯大林挥挥他的血手，说，不要报警。

人们听他这个态度便想到社会上某些黑吃黑的事情，当事者一般都不报警的。于是他们说，那我们替你叫救护车了，你头上有好几个洞呢。

令人不可思议的是那个男人仍然摆手，说，不要救护车，死了也好，你们有钱人喜欢活着，你们有钱人怕死我不怕死，我不怕死！你们吃你们的，让我坐在这儿，我们井水不犯河水！

从来没有人遇见过这么不知好歹的人，也从来没有人在帮助别人时听到这么满怀敌意的谴责，蛇餐馆里出来的人都很气愤，纷纷跑回了温暖的餐馆，他们对千禧年之夜的这个受害者取得了一致的看法，这个人不正常的，一定不正常的。

蛇餐馆的经理贺二拿着手电照了疯大林的面孔，他觉得此人面熟，以前一定是住在火车站三街十八巷的，一时却想不起来是谁。

贺二考虑事情很细致周到，他让顾客们不要被外面的事情扫了兴致，自己亲自来处理。贺二考虑到110的警车喇叭令人紧张，不利于餐馆客人节日的胃口，而救护车的喇叭是更让人心惊肉跳的，多好的气氛都会被它破坏掉，两种车都不能来，贺二打的是车站派出所的电话。

我们都知道，车站派出所的民警是骑自行车出来解决问题的。

三十四　克渊在火车上

我们看见克渊像一条孤单的鱼在广场上的人海里夺路而走，游着游着便脱离了欢度千禧之夜的人群，我们最后看见的是克渊的背影，他站在候车室门口把他的皮帽子的风耳放下来，他把风耳放下来，遮住他的耳朵，把耳朵都保护得这么好，也许是要到寒冷的北极去吧。

宽敞的候车室倒显得冷清，正如其他盛大的节日一样，旅行的人们一般会提前出发，在节日来临之前到达各自的目的地。

可想而知，千禧年之夜出现在候车室里的旅客，几乎都是被意外事件打乱了计划的人，他们坐在候车室里，尽管享用了平时旅行不可得的安静洁净的候车环境，但错失节日的遗憾和伤感还是在他们的脸上留下了种种痕迹，看上去这些旅客的神情都是落落寡欢的。

千禧之夜，该到站的火车仍然到站，该离站的火车都会离站，大家知道火车就是火车，铁路就是铁路，火车时刻表与餐厅的菜单不同，它是不可随意更改的，就像夜里十一点五十七分开往北京的 7786 次列车，它不会因为有的旅客舍不得放弃听世纪钟的机会而推迟发站，除非火车晚点，除非你下车。

克渊一身冬装出现在候车室里，尽管他穿着皮夹克戴了皮帽子，手里提着一只小皮箱子，看上去像一个来自北方的成功人士，但车站上好几个工作人员都一眼认出了他，是原来在车站一带吃社会饭的克渊。

他们感到惊奇，克渊你去哪里？这种日子出门去？从来没见你搭火车嘛。

克渊说，我坐火车为什么一定要让你看见？我不喜欢坐火车，我出门都坐飞机。

他们知道克渊虚荣心强，顺势给他戴高帽子，说，你连飞机都不肯坐的吧，听说你出门坐宇宙飞船的？

克渊说，宇宙飞船也没什么了不起的，有钱坐什么都行。

他们说，这种日子你怎么搭火车来了？去北京？去北京干什么？

克渊说，当然去北京，不去北京去天津啊？干什么？你说我去北京干什么？去国务院谈点事情。

大家一下子都笑了。开往北京去的列车已经停靠在月台上了，他们看看那列火车，再看看克渊，总是觉得克渊这时候出门有点奇怪，有个女的嬉笑着说，克渊你不会犯了什么事，畏罪潜逃吧？

畏罪潜逃？克渊咧嘴一笑，对那个女人说，我畏罪潜逃就带你一起逃——什么意思？什么意思你还不懂？

可是克渊在候车室里有点魂不守舍的样子，他的目光始终越过候车室里的一排排长椅，注视着世纪钟下面黑压压的人群。他问检票员四宝，四宝你说今天的钟能敲成吗？

四宝说，应该能敲成功的，修了那么多次了，再敲不成市长都该辞职了。

克渊说，那很难说。我怎么就不信一只钟能一口气敲两千零一下呢？你信不信？一口气敲两千零一下呀。

四宝反问道，它要是不能敲两千零一次，建它干什么呢？

克渊向四宝翻了下眼睛，好像在埋怨他卖弄聪明。克渊半站半坐着向外面张望，除了人什么也看不见，就低头看了看手表，他说，四宝你说今天世纪钟会不会提前敲，现在是零点差十分，如果是上个月，它这会儿就该敲了。

四宝说，那我怎么知道，我只知道去北京的火车准点发车，你该检票了，再不检票误了火车我不负责。

千禧年钟声敲响前的最后一刻，克渊登上了北去的列车。克渊坐在靠窗的位置上，邻座是一个知识分子模样的中年妇女，克渊问她，你去北京？

那妇女点头说，北京。

克渊说，那好，我替你看包，你也替我看包，我们协作。

然后克渊就忙着开窗子，克渊的手在车窗上焦急地忙碌了半天，窗子仍然打不开，那个妇女提醒他，车上有空调，窗子不能打开的。

克渊说，×，怎么会打不开呢？门窗都锁死，存心不让人听世纪钟，×！

知识分子妇女也在观察她的旅伴，一听这人满嘴污言秽语的，腾地站起来把自己的行李搬到对面去了。

克渊隐约听见那个女人的嘀咕声，要听世纪钟就别坐这班火车，要坐这班火车就别听世纪钟，鱼和熊掌，不可兼得。

后来火车就开了。火车离开月台首先经过的是顺风街，顺风街一闪而过，等克渊意识到车窗前掠过的是顺风街的房屋和窗户时，那条街道已经消失了。

这是他第一次有机会在火车上看他熟悉的这条街道，就像从前那些年代的旅客在火车上看他的脸，看腌腊店楼上的窗子，看街上来往的男女。可是火车开得这么快，他什么也没看见，克渊的脑子里突然一片空白，只看见自己的黑皮箱子在行李架上轻轻地颤动。

火车开起来很快，火车一开克渊就忘了世纪钟的事情了，车窗外城市的灯火一眨眼就消失了，他看见了冬天的田野和河流，树和房屋，除了火车轮子与铁轨撞击的声音，他听不见别的声音，他听不见世纪钟，一共2001次钟声，他一声也听不见。克渊的脑子里一片空白，他觉得自己现在跟随着行李架上的箱子，箱子要到北京去，他没办法，只好跟着箱子，也到北京去。

窗外好像起风了，克渊看见绳子一样的东西从路基上突然蹿起来，飞快地掠进窗前，克渊吓了一跳，不知为什么，他觉得那不是一条绳子，很像一条蛇。克渊想怎么回事，蛇为什会飞？

过了一会儿克渊从座位上站起来，问对面的那个妇女，厕所在哪里？

问得没有礼貌，人家不爱和他说话，可仍然用手向车厢尾部指了指。

克渊就向车厢尾部走，走过去看见两个厕所都开着门，门上什么都没写，克渊探头向里面张望了一眼，不敢进去，正好一个女列车员走过，克渊直着喉咙对她嚷，喂，站住，这两间厕所，哪间是男厕所？

女列车员瞟了克渊一眼，似乎发现了一个奇迹，她说，这位老板哪里人，从来没坐过火车？

克渊说，什么哪里人？我问你哪一间是男厕所，你没有耳朵的？

女列车员看他态度恶劣，冲着他嚷嚷一声就走了：不分男女！

克渊瞪着眼睛目送女列车员的背影离去，仍然有点半信半疑的，他推开左边厕所的门向里面看了看，里面很脏，又推开另一间的门看，另一间干净一些，只是气味不好，克渊犹豫了一下，选择了右手那一间厕所，侧着身子进去了。

厕所的门被咣咣地来回撞了好几下，门上的锁突然锁上了，咯嗒一声，克渊终于放心地蹲了下来。

图书在版编目（CIP）数据

蛇为什么会飞/苏童著.-上海：上海文艺出版社.2020
（苏童作品系列：新版）
ISBN 978-7-5321-7456-0
Ⅰ.①蛇… Ⅱ.①苏… Ⅲ.①长篇小说－中国－当代 Ⅳ.①I247.5
中国版本图书馆CIP数据核字(2020)第027379号

发 行 人：陈　徵
责任编辑：李　霞
装帧设计：谢　翔

书　　名：蛇为什么会飞
作　　者：苏　童
出　　版：上海世纪出版集团　上海文艺出版社
地　　址：上海绍兴路7号　200020
发　　行：上海文艺出版社发行中心发行
　　　　　上海市绍兴路50号　200020　www.ewen.co
印　　刷：崇明裕安印刷厂
开　　本：890×1240　1/32
印　　张：8.125
插　　页：2
字　　数：161,000
印　　次：2020年4月第1版　2020年4月第1次印刷
ＩＳＢＮ：978-7-5321-7456-0/I · 5929
定　　价：39.00元
告 读 者：如发现本书有质量问题请与印刷厂质量科联系　T:021-59404766